文春文庫

萩を揺らす雨

紅雲町珈琲屋こよみ

吉永南《な》央《お》

文藝春秋

萩を揺らす雨　紅雲町珈琲屋こよみ

目次

萩を揺らす雨

紅雲町珈琲屋こよみ

紅雲町のお草

1

この日の雪が始まりだった。

「あさってには春が来る」

丘陵の上から大きな観音像が見下ろす街の、ゴルフ場や自動車教習所を抱える広い河原に立って、杉浦草《そう》はそう呟いて自分を励ました。白い息が鼻先に立ち上る。

春といっても暦の上で立春を迎えるだけの話だ。さっき手を合わせた小さな祠《ほこら》にも霜が降り、土を草履で踏みしめれば霜柱がざくざくと鳴る。数えで七十六になる草の痩せた身体に寒さが染み入り痛い。

それでも草は白んできた東の空に向かって、渋い縞の着物の背を伸ばした。関東平野が終わる山々までゆったりと広がる空を眺める。遠くの雪山は吹雪《ふぶ》いているのか、今朝は見えない。盆の窪のお団子から小振りのべっ甲の櫛を抜いて、白髪をなでつけながら、川の流れをじっと聞く。枯れ草の向こうの川面に群れる鴨の声と、対岸の国道を走るトラックの音が混じる。

国道の奥にそびえる市役所の銀色の新庁舎が、昭和初期に完成した大観音像と川を挟んでにらめっこをしているのに目をやって、二十一世紀とはおかしなものだと、あらためて草は思った。

昔、二十一世紀なんて生きてたどり着けない遠い未来だと思っていた。そのせいか、古いものは跡形もないSF映画のような世界を漠然と想像していた。人類が宇宙に移住したり、ロボットが空を飛んだりする世界。でも、ここまで来てみると何のことはない、惑星探査やインターネットと同時に、侍映画も節分の豆まきも健在なのだ。

草は首にかけた紐を手繰って懐から携帯電話を出し、同様に首に下げている老眼鏡をかけて時間を見た。初代よりボタンが押しやすい二代目の携帯電話は、還暦の時さえ身につけなかった赤い色だが、電話なら構わないし、しまっている懐から元気が出る気がする。

観音に手を合わせてお辞儀をすると、さて、と草はすぐ横の岩に立てかけておいた男物の黒い蝙蝠《こうもり》傘を手に取り、来た道を戻り始めた。いつも連れ歩くこの傘は雨よけ日よけはもちろん、杖でもある。いや、健脚の草にとっては杖というより、歩く拍子を取る指揮棒といったほうがいい。腰につけた籠の中で、道々拾った空き缶やペットボトルが弾む。

土手の上で、雨でもない限りいつも会う、柴犬を連れた薬局の主人に挨拶をすると、蠟梅《ろうばい》の黄色だけが鮮やかな畑道に降り、少し急いだ。仕事の前に毎朝寄るもうひとつの場所、新しい住宅地に取り残されたように立つ三つ辻の地蔵で、今日は少し時間がかかる。昨夜《ゆうべ》仕上げた新しい頭巾とよだれ掛けを着せるのだ。草は三歳で亡くした息子の寝顔によく似ている地蔵の丸い顔を思い浮かべて、またほんの少し足を速めた。

午前十時。草は「小蔵屋《こくらや》」のガラス戸を開けて、出入口の小さな木札が「コーヒーあります」の面になっているのを確かめた。ちょうどやって来たこの日の最初の客――社名入りの白いバンを降りたスーツ姿の中年の男に、いらっしゃいませと声をかけ、コーヒーの香りに満ちた暖かな店内に迎える。朝のうちにあった青空は、すっかり雲に覆われていた。

高い天井に太い梁《はり》と漆喰《しっくい》の白が印象的な古民家風の造りの小蔵屋は、和食器とコーヒー豆を商っていて、コーヒーの試飲、つまり、無料でコーヒーを一杯飲めるサービスが評判の店だ。店の奥が草の住居にもなっており、小蔵屋は、河原と観音像が立つ丘陵の中間地区、紅雲町《こううんちょう》にある。

小蔵屋は明治の終わりに草の祖父が開いた日用雑貨店が始まりで、以来、草の両親の代も裏の畑でとれた野菜、調味料、ちり紙、長靴、駄菓子とあらゆるものが並ぶ田舎の雑貨屋として続いた。商品が並ぶ土間から丸見えの茶の間には、買い物があってもなくてもやって来る茶飲み客が入れ代わり立ち代わりで、にぎやかなものだった。

二十九歳で離婚して実家に戻り家業を手伝っていた草が、県北の古い民家の古材を譲り受けて現在の小蔵屋に建て替え商売を一新したのは、母、父と立て続けに亡くした年からだいぶ経った、六十五歳の時のことだ。市内に次々開店する大型日用雑貨店に圧《お》されての一大決心だった。広い駐車場を持ち豊富な品揃えと低価格を誇る店の前に、このままでは小蔵屋は消えるしかない。だったら、後に財産を残す者もないのだから、人生の最後に好きなコーヒーと和食器の店を持つという夢にかけてみたい。そう草は思ったのである。小蔵屋のお草はあの年で何をするつもりなんだと陰口もあったが、日々の生活を楽しむ雑貨ブームや和を見直す風潮に支えられて、小蔵屋は市内外から客が集まる人気店になっていった。

「いらっしゃいませ。今日は寒いですねえ」

ダンボールを抱えて奥から出てきた店員の森野久実《くみ》が、一枚板の黒光りするカウンターについた中年の男に声をかけた。

入口を入るとすぐの試飲コーナーは、正面のカウンターの他に大きな楕円のテーブルがひとつあるだけだから、二十人ほどで満席になる。右には会計カウンター、その後ろにコーヒー豆のコーナーがあり、右奥が和食器売場になっている。

「コーヒー、早くしてくれ」

客の横柄な態度に目を丸くした久実が、出入口を閉めた草にさっと近寄ってきて、

「最近多いですねえ、ああいうの。どうせ何も買わないくせに」

とささやき、和食器売場に消えていく。学生の頃スキーの選手だったという、二十七歳はがっしりとたくましい。東京で勤めていた会社が倒産して故郷に帰り、小蔵屋に来るようになって三年余り、持ち前の体力と明るさで草を助けてくれている。繁忙期のアルバイトも彼女の体育会系の人脈で集めてもらう。

「本日は小蔵屋オリジナルブレンドです。どうぞ」

コーヒーを入れるのは草の役目だ。

着物に合わせた色付きの割烹着をつけてカウンターに立つ草の後ろには、作り付けの棚にずらりと試飲用の器（コーヒーカップ、フリーカップ、中には蕎麦猪口《ちょこ》まである）が並んでいる。草が若い頃から集めてきたものから販売中の推奨品まで様々だ。

その中から、今日の最初の客に、草は萩の若い作家のコーヒーカップを選んだ。三角定規に似た取っ手がついた真白い器にコーヒーが映える。冬の初めに京都、萩、唐津と買い付けに行った際に出会った品だ。客の男は指の通らない取っ手が不安なのか、カップを手に包んで口元に運んでいる。

確かに久実の言う通り、不況のせいかコーヒーの試飲だけという客が増えた。

草としてはそれでも店に足を運んでもらえれば大歓迎なのだが、席が空くのを待っている人がいても、おかわりをして長時間居座る客が後を絶たなくなった。そこで「試飲はおひとりさま一杯限り」の小さな木札を、カウンターの角に立てた。注意書きなどしたくはないけれど、ひとりでも多くの人に試飲してほしいと始めたサービスだから仕方がない。

久実はいっそ百円玉のワンコインで有料にすればいいとアドバイスしてくれるが、そうもいかない。こういうあってもなくてもいい類《たぐい》の店は、暇な時にふと思い出して寄ってもらえる存在であることが大切なのだ。

教師の娘で本来人寄せが苦手だった母の、あのにぎやかな茶の間は、母なりの地道な営業活動だったと草は思っている。それにならったコーヒーの試飲サービスだ。そう簡単に有料にはできない。

草はラジオの音量を少し上げ、藍染めの長座布団を背もたれまでかけた木の椅子に腰掛けた。客に話しかけられなければ、こちらからはめったに話しかけない。客側からは見えないカウンター裏にあるノート型パソコンを開け、取引先からのメールを読む。パソコンは以前に大学生を一年ほど家庭教師に雇って覚えた。といっても、携帯電話で通話以外の機能をほとんど知らないのと同様、必要な範囲だけがわかる程度だが。

「いくら?」

あっという間にコーヒーを飲んでしまった客の男が、立ち上がりながら草の耳を引っ張るような声を発した。本当に急いでいるらしい。

「サービスですから、お代はいただきません」

「は?　タダってこと?」

うなずいて、草はカウンターの角の木札を指差した。客は脂の浮いた額を手の甲でごしごし擦りながら、目を見開いた。へえー、と客の声が、草との間に宙ぶらりんに響く。草はこの男の表情らしい表情を初めて見た気がした。

「ごちそうさん」

コーヒーの分だけ温まった声を残し、スーツ姿の中年は寒さに首をすくめて出ていく。

「ありが、と、うございました」

「とう」のところがぴょんと跳ねて高くなる、独特の「ありがとうございました」で草は彼の背中を送り出した。

地元のFMラジオ局の天気予報通り、店を開けて一時間もしないうちに、雪が降り出した。白く結露した窓ガラスの隙間から、薄く真綿をのせた屋根が覗く。

平日の昼間といえば主婦たちで一杯のはずの店内も雪のせいか客は少なく、コーヒーでおしゃべりに花を咲かせているのはカウンターのふたり組だけだ。

「やだ、これ積もるわねえ」

背の高いほうの女が、窓に向けていた顔を隣の女に戻す。

「喜ぶのは子供だけよ。中途半端な雪で遊ばれると、洗濯物が泥だらけでうんざり」

答えた女はかなりたっぷりとした体格で、よく通る声をしている。

草はふたりの会話を聞くともなしに耳にしながら、カウンターの内側で、朝作っておいた散らし寿司の入っている丸い朱塗りの器を、薄紅の木綿の布に包む。もうひとつの同じ器には藍染めの布を用意する。

ふたりはこの時間帯にたまに来る客だ。背の高いほうは結婚せずに男の子を産んだ居酒屋勤めのシングルマザー、もうひとりは一姫二太郎の夢がやぶれて四人の息子に恵まれた専業主婦。ともに数年前に紅雲町にできたマンションに住んでいる。特に草が聞き出したわけではない。なにしろこの専業主婦の声は、オペラ歌手並みに響くのだ。

シングルマザーが首を揉みながら言う。

「子供って回復力あるわよね。夜三十九度近い熱を出しておいて、翌日はけろっと学校に行くんだもの。音楽会の練習だからって、止めたって聞きゃしない」

一瞬、草の胸を焼けた針に似た熱が刺した。火のように熱くなった息子を抱えて病院へ走った記憶。こんな話を聞き流すことが何十年経っても上手くならない、と草は思う。ただ藍染めの布を結ぶ手を止めずにいられるだけだ。

「昨夜たっくん熱出してたの？」

　専業主婦は暖房が暑いのか、オレンジ色の徳利《とっくり》セーターの襟を引っ張りながら、もう片方の手で身ごろをつまんで揺らす。

「ううん。この前の雪の夜」

「なあんだ。もう一週間も前じゃない。じゃあ、仕事休んだんだ」

　シングルマザーはうなずいて、化粧をしていない青白い顔を両手で包み、なでる。染めむらのできてしまっている長い髪は、ひとまとめにした先が大分傷んでいた。

　草はしゃがんで、下の戸棚から小さな紙袋をふたつ出し、パソコンの横に並べておいた伊予柑を入れる。近所でひとり暮らしをしているふたりの友人、脳梗塞の後遺症で左半身がやや不自由な由紀乃《ゆきの》と、小蔵屋の第二駐車場を貸してくれている幸子《さちこ》に、草は時々食事を届けている。さっきも散らし寿司を届けるから昼を作らずにいてと連絡したら、喜んでくれた。

「でも、眠らず看病していたつもりだったのに、つい、うとうとしちゃって」

「そりゃそうよ」

「だけど、いつもの隣のあれで目が覚めて。あの夜だけは助かっちゃった」

「ああ、そうそう思い出した。ドスン、ドスン、あの雪の夜は一段とすごかったわねえ。やっぱり夫婦喧嘩かな。最近、お母さんを引き取ったらしいし」

「そうなの？　隣なのに会ったことないなあ。ご主人の？　奥さんの？」

「さあ。でも、あれから一〇二号室は静かじゃない。まあ、うちとしてはガンガンやってもらっていいけど。やんちゃ四人が走り回っても下に気兼ねしないでいいから」

シングルマザーが噴き出す。集合住宅というのは住みにくいものだと思いながら、草は手元の電波時計を見る。もうすぐ正午だ。

「でも、今週末は天国なのよ。男どもは旦那の実家で一泊して、スキー教室に参加するから。その間ひとりでのんびりってわけ。こうなると下にはお静かに願いたいわね」

「勝手な話ねえ」

前の道路をチェーンの音が駆け抜けていく。会計カウンターにいた久実が、後ろの棚のコーヒー豆のケースを磨く手を休めて振り返った。

「お草さん、わたしが届けてきますよ。車、スタッドレス履いてるし」

近所までとはいえ、荷物を持って雪道を歩く年寄りが心配なのだろう。

カウンターの小窓を、草は細く開けてみた。雪は相変わらずの勢いだ。

「お願いしようかしらね」

冬の間に何回となくスキー場に通う久実は、雪道の運転が上手い。

「ありがとうございました。久実ちゃん、気を付けてね」

空のカップを残して傘を広げたふたりの客と、勇ましくパジェロに乗り込む久実を見送ると、雪に閉じ込められた小蔵屋に、ラジオから正午の時報が響いた。

草は、カウンターの小窓を今度は一杯に開けた。冷たく湿っているが、新鮮な空気が流れ込む。丘陵の上の観音像は雪に霞《かす》んで白い空に溶けそうだ。その手前に、カウンターにいた彼女たちが帰るマンションがある。住宅地に突き立てた板チョコに見えなくもない。

マンション「クオリティライフ紅雲」は三年前に完成した。元は「銀扇《ぎんせん》」という老舗《しにせ》料亭の経営者が住む屋敷だったが、店が傾いて売りに出され、マンションの建設から販売、管理まで一括して行う中堅の建設会社が買い取り、現在に至っている。

この土地が売り出される数年前から近隣の田畑に住宅やアパートが次々と建ち始め、今では紅雲町の半分が他から移ってきた住人となった。それにともなって、道端のごみは多くなったし、空き巣や落書きなど何かと騒ぎが増えた。道端で会う人がどこの誰かわかる暮らしは安心だったと、友人の幸子はよく言うが、草は内心悪くないと思っている。

田舎の窮屈は、多くの顔見知りの間に張り巡らされた、鎖でできた蜘蛛の巣を引っ張り合うところにある。ほんの少しでも新しいことや変わったことをしようとすれば、重くがんじがらめの鎖を解くために、必要以上の力が要る。草の結婚や離婚、小蔵屋を新しくする時も、泣く者、怒る者、笑う者、占う者と親族でも友人でもないのに寄り集まって来たものだ。それをありがたいと思うのはこちらが望む時だけ。街も変わり世代も交代してつきあいが薄まり、草には丁度いい頃合いなのである。

雪はやまず、客もちらほらで午後が過ぎていった。ムクドリの群れのにぎやかさで、夕方になるとやって来る高校生たちも、ほとんど素通りしていく。

それでも、何人かはいつも通り寄ってくれた。

「ゆっち、今日マジで泊めてよ」

「いいよ。お母さんにメール入れとく。霊能者たかりんが泊まりますって」

「サンキュ」

もうすぐ閉店時間の小蔵屋のテーブルに、肩を並べて残った女子高生ふたりは、携帯電話でメールを打ったり読んだりしながら、おしゃべりをするというウルトラCを演じている。優等生風のゆっちと呼ばれた女の子の携帯電話は薄いピンク色で、隣の大きな丸い目をした霊能者たかりんのそれには、なぜかお守り袋がいくつもついている。お守り袋の固まりに携帯電話がついていると言ったほうが、正しいかもしれない。あだ名からすれば、彼女には霊感があるというのだろうか。なんだか変わった子だ。

このくらいの女の子たちの会話は、色とりどりのドロップのように楽しくて、どこか懐かしい。草の娘時代とはまったく言葉遣いも雰囲気も違うけれど、甘酸っぱい香りは似ている。草はカウンターでコーヒーカップを拭きながら、面白く聞く。

久実は向かいの会計カウンターでレジを締めている。

「まだ話してなかったけどさ、ゆっちち。実は、先週の雪の夜、セブンの帰りに」

「まさか。また見たの？」

幽霊目撃談が始まるらしい。マジ見た、と冷静な声で話す霊能者たかりんを、どんなのが出たの、と身を引いて両手で頬を押さえたゆっちが盛り上げる。

草が耐え切れずに小さく噴き出すと、向かいの久実が歌舞伎役者ふうに大げさに口を開けて笑い顔を作って見せる。もちろん、無言で。

「途中の茶色のマンションの前で」

「銀扇御殿の？」

昼間のシングルマザーと専業主婦が住むマンションだ。

「そう。雪の降る中、そのマンションの脇を歩いてたら、突然、ドンと音がして」

「マンションから？」

「うん。で、バッとマンションの方を見たら、暗い一階の窓に、手が張り付いてた」

両者、無言の一拍。

「手ぇーっ」

ゆっちは頭に手を乗せ甲高い声を出すと、とうとうテーブルに伏せの姿勢をとった。

久実が草にちらっと視線を送ってくる。口元が笑っている。霊能者たかりんは相変わらず落ち着いた低い声で続ける。

「手のひらが、こうガラスにぴったりくっついて」

たかりんは右腕の制服を肘まで捲《まく》り上げて、ゆっちとの間にある見えないガラス窓に手を押し当てる。

「しかも、肘までしかないんだ」

ひぃっと短く叫んで、ゆっちは長い髪の中に顔を埋もれさせた。雪の夜の暗いガラス窓に張り付く手を、今、見てしまったのだろう。霊能者たかりんは、ゆっちの様子にいたく満足げに言う。

「固まったね。息するの忘れたもん」

ゆっちは恐る恐る顔を上げる。彼女のおびえた表情を話の続きを聞かせてという催促と受け取ったのか、たかりんはうなずく。久実も次を聞こうと手を止めていて、草はますます愉快になった。霊能者と呼ばれるだけあって、たかりんはこの手の話が上手らしい。

しかし、みんなの期待を裏切って、たかりんは突然にっこり笑った。

「なーんてね。よく見ると青いカーテンから、ぬっと手が出てただけ。すぐ引っ込んじゃったよ」

「なにそれ」

肩透かしをくらったゆっちは右の眉を持ち上げる。久実は売上げの入った袋を閉め、和食器売場の方へ歩いていってしまった。ブラインド代わりの簾《すだれ》を下ろしに行ったのだろう。

「だけど」

たかりんの話が続く。斜め上の宙を見つめている。

「ぬるっと何か残ったんだよね。血みたいな手の跡が」

「血？」

「わかんないけど。まあ、ゆっちが震え上がるホンモノの話は、ゆっちママの手料理を食べてから聞かせてあげる」

立ち上がるたかりんに促されて、不満そうな顔のままゆっちも腰を上げる。

「なによ。その窓の手は、そこに住んでる人のだったわけ？」

「そう」

「なーんだ」

コートを羽織りマフラーをぐるぐる巻きにすると、女子高生ふたりはガラス戸を開けて出ていく。戸を閉めようとしたゆっちが、ふと思い出したように、先に姿の見えなくなったたかりんに声を張り上げた。

「ねえ、それ、なーんだじゃないよねえ。人間だったら怪我してたってことでしょう？」

ゆっちはまた思い出したように草の方に向き直り、閉める引戸のガラス越しにごちそうさまでしたと頭を下げて走っていった。草は独特の調子をつけた、ありがとうございましたを返したが、行ってしまった女の子たちの耳に届いた様子はない。

戻った久実が声をかけてくる。

「なんですか、お草さん。変な顔して」

ラジオの七時のニュースが始まった。

「何でもないよ。お疲れさま、久実ちゃん」

散らし寿司のお返しに由紀乃と幸子がそれぞれくれたというカステラと苺を、草は久実に持たせて帰し、戸締まりをする。

しかし、その間中、草の中にぽつりぽつりと浮かぶものがある。

手の窓は一階のどの部屋だろう。主婦たちが話していた大きな物音がしたという一〇二号室だろうか。どちらも先週の雪の夜。ということは、一月二十六日の出来事。血のような手の跡。その夜からは静かになった部屋。頻繁な夫婦喧嘩。最近引き取った母親。

明かりを落とした店内から、草は街灯に照らされた外を見る。雪は降り続いていて、夕方、久実が雪かきをしてくれた駐車場はもう真っ白だ。走り去ったパジェロの轍《わだち》がくっきりと残っている。

そして、また、ぽつり。

——なーんだじゃないよねえ。

女子高生の声が浮かんで消える。確かに怪我をしていたなら普通じゃない。

目の前に降ってきたそれは、雪の白に浮き立って、妙に草の関心を引くのだった。ほらほら、早くしなかったら雪とともに消えてしまうよ、と。


翌朝、雪のまぶしさに目を細めながら、草は「クオリティライフ紅雲」の前に立っていた。綿入りの作務衣《さむえ》に長靴、軍手、首にタオルという出で立ちだ。滑ったら両手が空いているほうが安全だし、長靴の丈ほども積もった雪がごみも隠しているから、相棒の蝙蝠傘と腰籠は連れて来ていない。薄っすらとしか積もらなかった、この前の雪とは大違いだ。

茶色いレンガ風の八階建てマンションは、信号のない十字路の角地に建つ。道路が東と南に接していて、草は南側の、道路を挟んでベランダがずらりと見える所でマンションを見上げている。外観からすると、各階六戸（西側の二戸が広いタイプ）で、全四十八戸というところか。一階はベランダなしの庭付きだ。周囲は比較的新しい家が多い住宅地で、遠くから雪にはしゃぐ子供の声が聞こえてきた。数十メートル向こうで誰かが雪かきを始める。この音につられて、あちこちで雪かきが始まる前に、草はざっとマンションの周囲を見てみようと道路を渡り近付く。薄暗いうちに小蔵屋周辺の雪かきを済ませ、三つ辻の地蔵に手を合わせてからここへ来たので、身体は汗ばむほど温まっている。

霊能者たかりんの言っていた窓は、すぐにわかった。一階に青いカーテンの窓はひとつだったからだ。向かって左から二戸目の左端の窓、正確には青地に白い小さな星がプリントされたカーテンの掛かっている、一間《いっけん》ない腰高窓である。北の丘陵に向かってやや上っているため、マンションの土地の南側は道路から一メートルくらい高くなっているので、一階の窓はかなり見上げる位置になる。敷地の縁には、窓を遮らない高さに金属製のフェンスとそれに沿う植え込みがある。

確かに、問題の窓は手を引きずったのか、指の跡を残して赤黒く汚れていた。五匹の蛇が這う姿に見えて薄気味悪い。この家の他の窓に、誰かが起き出した気配は感じられない。草は低い位置に結った髪から小さなべっ甲の櫛を抜き、白髪を数回なでつける。

左手の雪に覆われた階段を滑らないように注意して上がると、建物の西側から北側にL字型に駐車場が広がっていた。駐車場の出入口は東側だ。草は右手にあったマンションの自動ドアをくぐった。鍵がなくては、オートロックの二枚目の扉は開けられない。青い窓の部屋はこちらから二戸目、つまり一〇二号室で、やはり大きな物音がした家と一致する。ガラス越しに見えるエントランスホールには、一階の各戸に続くらしい通路とエレベーターが見えるが、誰もいない。管理人室はなく、天井から防犯カメラが入口をにらんでいる。

　さらに、草は左側の扉のない小部屋に足を進めた。ステンレス製の郵便受けがマンションの部屋の位置通りにずらりと並んでいる。懐から出した老眼鏡をかけ腰を折り、軍手の指で一番下の右から二番目、一〇二の表示に触れる。「小宮山」の文字。その上の体格のいい専業主婦の住む二〇二号室には「田中」とある。シングルマザーの部屋は一〇二号室の隣、一〇一号室か一〇三号室のどちらかだ。しかし、草は一〇三号室の「月岡」だとすぐにわかった。一〇一号室には小蔵屋の常連の主婦、冬柴が住んでいると知っているからだ。でも、陰で情報屋と呼ぶ人もいるほどの彼女から一〇二号室の噂が出た覚えはない。もっとも、最近、彼女は小蔵屋にコーヒー豆を買いに来るだけで、仲間がいても立ち話程度ですぐ帰るようになった。夫が単身赴任したのを機に結婚前にしていた仕事を再開し、英会話教室の講師と翻訳を掛け持ちしているので、遊ぶ暇がないらしい。

　そこまで確認して腰を伸ばすと、草はそれでどうするんだという少々自嘲的な気分になった。一〇二号室の小宮山家の窓に、女子高生の言った通り汚れが残っていたというだけだ。

　先週の雪の夜、一〇二号室の上と隣の住人が大きな物音を聞き、女子高生が窓に怪我をしていたらしい手を見た。それを小耳に挟んだ程度で小宮山家を訪ねて、ご主人が奥さんに暴力を振るっていませんかとか、引き取られたお母さんはお元気ですかと訊くわけにもいかない。そんな行動をとったら、こちらの神経を疑われてしまう。大体、小宮山家の誰かに助けを求められたわけではないのだ。余計なお世話の鬱陶《うっとう》しさは草もよく知っている。それ以来静かになったと聞いたし、たぶん雪の夜を境に喧嘩が収まっただけの話で、大騒ぎすることでもないのだろう。

一番上の郵便受けから今にも落ちそうに赤いチラシがはみ出している。まるで、あかんべえだ。いよいよ自分が間抜けに感じられる。チラシを奥まできちんと入れると、草は息をひとつつき、帰ることにした。雪で遅くなったらしい若い新聞配達員と入れ代わりに、郵便受けの前を去る。

マンションの敷地を出たところで、草は新聞を取りに出た向かいの家の主婦と目が合ったので、朝の挨拶を交わした。十字路で、青空を背に立つ観音像が目に入った。雪がとけるまで足場が悪くて河原には行けそうにない。草は軍手を作務衣のポケットにしまい、祠と観音の方向にそれぞれ手を合わせて頭を下げた。

三つ辻の地蔵に供えてきた黒豆ご飯を思い出して草の腹が鳴った。朝炊き上げた時のあのつややかな紫と香ばしさ。鰯の丸干しを添えて朝食にしようと、草は雪の街を急いだ。

2

大雪の日から十日が過ぎた。

「だから言ったじゃないですか。雪かきはわたしに任せてくださいって」

口を尖らせた久実が、草の拭き終えたコーヒーカップを棚に戻す。彼女の親切気を受け入れなかった罰なのか、草は雪かきの翌日から腕が痛くて、肩の高さ以上に上がらない。おかげで高いところに用のあるたびに、久実を頼る始末だ。

「はい、はい、ごめんなさいね。久実ちゃんがいるのに」

「そうですよ。次は絶対やらないでくださいね」

幾度も繰り返した会話にふたりとも思わず笑い出した。閉店時間を迎えた小蔵屋に客はいない。ラジオから草の好きな若い歌手が、あなたはどこにいるんだろう、と歌う。

「結構、においますよ。まさか全身、湿布だらけじゃないですよね」

久実は鋭い。とても本当のことは言えない。

「腕だけよ。コーヒーの香りが台無し？」

「まあ、それほどでもないですけど」

久実が肩をすくめてまた笑う。去年の雪かきまでは、多少筋肉痛になるくらいだったのだ。またひとつ確実に老いたと、草はつくづく思う。久実から見れば、自分は正真正銘の労《いた》わるべき老人なのだろう。気持ちは若い頃とさして変わらないつもりなのに。

そこへ自転車のブレーキの音が響いて少年が飛び込んできた。店が閉まる時間だから焦って来たらしく、息を切らせて注文する。

「オリジナルブレンド、五百グラムください」

久実がコーヒー豆の棚に走っていく。

「はい、いらっしゃいませ。あれ、今日お母さんは？」

「締め切りで忙しいって」

「翻訳の仕事も大変ねえ。ちょっと待ってね」

ふたりの会話を聞きながら、草はその少年が冬柴家のひとり息子だと思い出した。あのマンションの一〇一号室、小宮山家の隣人である。確か中学一年生だったはずだ。

「よかったら、どうぞ」

草はしまい残されていた薄い青のフリーカップにコーヒーを注いで冬柴少年に勧めた。ゆで玉子のようにつるんとした顔に前髪を垂らした少年は、少し迷った表情の後、ちょこんと頭を下げてカウンター席に座った。母親から聞いていた通り、少年は砂糖とミルクをたっぷり入れて、コーヒー牛乳状にしている。

「お母さんには、いつもご贔屓《ひいき》にしてもらってて」

少年の頭がまたちょこんと下がる。

草は久実に少し多めにと声をかけた。すると、また少年の頭が小さく揺れ、すみませんと今度は声がついた。実は、草は彼の家の隣についてそれとなく聞いてみたいのだった。

「冬柴さんのところのマンションには他にもお客さんがいてね。確か、二階と一階の方だったかな」

当たり障りのない世間話といった雰囲気で、草は目の前のコーヒーカップを布巾で拭きながら少年に話しかける。豆を量っている久実が不思議そうにこちらを見る。それはそうだろう。草が客に話しかけるのは珍しいし、乾き切った器をまた拭いているのだから。

「夜中でもうるさい部屋があって大変らしいわね」

顔を上げた少年を、草はちらっと見て、また手元に視線を戻す。

「一月の末の雪が降った夜も、大きな物音で目が覚めたって。もしかしてお隣さん？」

じっと動きを止めてこちらを見つめている少年の視線を、草は額のあたりに感じながらカップを置き、次はソーサーを取って磨く。豆を挽く音が響き渡る。

草はあれ以来、朝の日課の後に、時々「クオリティライフ紅雲」の前を通る。初めて行った朝には余計なことかと思いもしたが、姿見の覆いをめくる時やコーヒーが落ちるのを待つ時間に、どうしてもあの青い窓が浮かんでしまうのだ。それでついマンションに足を向けてしまう。磨き上げられた一〇二号室の窓の中で、相変わらず汚れたまま放置されている、あの窓の不自然さがいけないのかもしれない。

一度だけ居間と思われる部屋の掃き出し窓が開いていて、草と同年配の品のいい婦人が椅子に座り奥の誰かと話しているのが見えた。三日前のことだ。右手に包帯をしていた。

手元にこの一客しかないし、次は何の手作業をしようかと草が考え始めた時に、少年の小さな、しかし、はっきりとした声が返ってきた。

「隣？　別に」

少年はコーヒーを飲み干す。草はなんと短い答えかと思ったが、しかたがない。年頃の男の子だ。とにかく隣の物音を少年は知らないらしい。音楽を聴いていたか、熟睡していて気が付かなかったか。それとも、気にしない人もいるという程度の物音なのか。

少年とは対照的な母親に訊いたほうが、詳しい答えは返ってくるだろう。しかし、大事になるのも困る。主婦たちの話は想像を加えてものすごい勢いで広がっていくものだ。

「そう。さあさあ、お待ちどおさまでした」

久実の方に草は視線を投げて、少年を会計カウンターへ促した。

「ありがとうございました」

草の独特の調子が店内に響く。少年の自転車を見送った久実が振り返った。

「どうしたんですか」

草は、別に、と少年を真似て答えてみる。案外便利な返事だ。

懐の携帯電話が震えたので、何か言いかけた久実を、明日は忙しいから上がっていいよと遮って、草は電話に出た。友人の由紀乃のおっとりとした声が、取り寄せた文旦《ぶんたん》がおいしいと話し始める。午前中の電話でも聞いた話だったが、近頃の由紀乃には珍しいことではなくなっていた。

戦争も貧乏もくぐり抜けて、長い間、生きてきたのだ。あちこちの故障も当たり前。そう思いながらも、由紀乃の話に初めて聞いたかのような相槌を打ち、文旦を明日の朝もらいに行くと、また約束する草の胸は、どこか、しんと悲しい。


翌日にバレンタインデーを控えた火曜日、草は朝から大忙しだ。

草が組み合わせたバレンタインデー用の商品のひとつ「備前晩酌セット」と名づけた、備前焼のフリーカップ、箸、箸置き、小盆のセットが好評で、器の在庫が底をついてからは、十三日から引き渡す予定で注文を受け付けていた。ところが、昨日までに届くはずの器が発送元の手違いで今朝にずれ込み、慌しくなってしまったのだった。

当初、例年通りささやかな売れ行きで、所詮チョコレートには勝てないと諦めていた頃、備前焼をテレビの健康番組が取り上げた。備前焼は酒をまろやかにしアルコールを分解しやすくするという、セット商品に添えた宣伝文と同じ内容が放送されて急に売れ行きに勢いがついた。備前焼の棚が寂しくなるほど、徳利、ぐい呑みなどの単品でもよく売れた。これがいいなと妻に声をかける夫、酒がおいしくなるなら自分のために買うというOLたちと、バレンタインデーのコーナーはにぎやかな一角になっていった。

「毎年こうなら、いいですねえ」

久実は二時間も前に早出をしてもらったのに機嫌がいい。鼻歌まじりで、楕円のテーブルを作業台に、届いたばかりの器をプレゼント用に包装している。仕事熱心な久実は売上げが上がるのをいつも素直に喜んでくれるのだ。草は久実の笑顔に張り合いを感じながら、カウンターで名簿を開き、ご来店お待ちしています、と注文の客に電話をかけた。

「お草さんは、しゃきっと、いつでも元気だよね」

荷物を運び込んだ後、一旦トラックに戻っていた運送屋の寺田が、草に伝票を渡す。

「お陰さまで。忙しいのが薬なの」

電話を終えた草は受領印を押して、寺田に用意しておいたコーヒーを勧める。寺田は無類のコーヒー好きなのだ。昼時に裏の事務所で手持ちの弁当を食べた後に、コーヒーを飲んでいく日もある。隣町で小さなレストランを経営している寺田の父親は、草の昔からのコーヒーの師匠で、豆のいい仕入先を紹介してくれた人物でもある。

「今さ、大人用のオムツを大量に届けてきたんだ。親の介護なんだろうねえ。うちのボロ家と違って、あんなにいいマンションに住んでいても寝たきりじゃ、看病する方もされる方も大変だよ。奥さん、やつれちゃって」

寺田は築三十年近いアパートに、妻と娘ふたりの家族四人で暮らしている。

「いいマンションて、そこの紅雲町の？」

寺田が話しながら例のマンションの方向を顎でしゃくったものだから、草はようやく痛みの引き始めた腕を揉むのを止めて訊いてみた。

「そう。うちの女房が泣いて喜びそうな一階の庭付き。確かご主人が国立病院の内科医だって聞いたな。また中学一年生のひとり息子が優秀らしくてね。でもまあ、古い家でも愛嬌だけが取り柄の娘たちでも、家族全員、元気が一番さ」

「一階って、それ一〇二号室の小宮山さん？」

手助けができるわけでもないのに他人の不幸を話題にするのは好きではないから、いつもなら草がしない質問だった。逆に、草がどこの誰か聞きたがらないから安心して客の話をした寺田の返事は、少し間が空く。

「ああ、そうだけど。お草さん、知り合いなの？」

そういうわけじゃないけど、と草は曖昧な返事をして、バレンタインデー用の商品が好評だと話題を変える。手を止めてこちらを見ていた久実には知らん顔を通した。

寺田といつもの会話の調子を取り戻しても、草の頭の隅には老婦人の右手の包帯がちらついて離れない。怪我はしていたが、彼女はしっかりした様子だった。それなのに、たった三、四日でトイレにも立てないほど衰弱するだろうか。べっ甲の櫛で白髪をなで、着物の襟を直し、割烹着の紐を結び直しても、草の胸は整わない。

「こんにちは、お草さん。いい？」

寺田のトラックが出た後にガラス戸を開けたのは、営業時間前にしか来ない主婦の大野だった。突き出た腹と赤く染めて広がった髪が、ぬいぐるみのライオンを思わせる。一年ほど前、準備中に入ってきた彼女にコーヒーを出してからの常連で、腰痛で通っている近所の整体院の待ち時間を小蔵屋で過ごしている。草はさっきからの散らかった気持ちを引きずったまま、どうぞと声をかける。

「なんだか忙しそうなのに悪いわね」

草の胸の曇りが表情に出たのか、それとも、いつもはまだいない久実が忙しく働いているからなのか、大野は少しためらいながらカウンター席に重そうな腰を置く。

「もう一段落したところ。腰はどう？　大変ね」

「腰も神経もボロボロ。はあーあ。ここだけが憩いの場所なのよ」

草の差し出した湯気の立ち上るマグカップを、大野はマニキュアのはがれかかった荒れた手で受け取る。

「耕治くん、いよいよ春から三年生だものねえ」

大野には中学生の息子がいて、彼が悩みの種なのだ。それも含めて草を相手にあれこれ話すのが、彼女のストレス解消法なのだろう。どうにもならない悩み事は、役に立たない他人のほうが気楽に話せるのかもしれない。

「恐ろしいわあ、耕治の受験。あたしが自分で受験したほうが、よっぽど楽。一体どこの高校が拾ってくれるんだか、あんなインコみたいな黄色い頭にしちゃって」

インコ。店中に女三人の笑い声が響いた。笑いながら色鮮やかな母子が肩を並べた図を想像した次の瞬間、草はあることを思い出した。大野はあのマンションの向こう側辺りに住んでいるのだった。となると、小宮山家の息子と同じ中学に、彼女のインコ頭の息子が通っている可能性が高い。彼女は小宮山家の事情に詳しいかもしれない。

「久実ちゃん、後はやっておくから、悪いけど由紀乃さんのところに行ってくれる？」

「あ、そうだ、文旦ですね」

「朝のうちに行くって言ったから、由紀乃さんが心配するといけないし。悪いわね」

久実の視線に耐えて話を続ける勇気はない。草は出かけた久実の後に包装作業に入ると、大野の斜め後ろから話を切り出した。

「ねえ、小宮山さんの息子さんを知ってる？　優秀なんだそうね」

腰をひねるのがつらいらしく、首だけを回して横顔で大野は答える。

「そうなの、そりゃあもう優秀よ。耕治よりひとつ下だけどよく聞くわ。性格もおおらかで、ガリ勉タイプじゃないのに、できるらしいのよねえ。耕治が言ってたもの、ああいうのを本当の秀才っていうんだよなあって」

「いるのねえ、そういう子」

「まったく、うちのインコとは月とすっぽん。聞いた話じゃ、小宮山さんの奥さんの連れ子らしいわ。旦那さんは初婚で医者で新築マンション付きだったんだから、いい再婚よ」

「新築って、それじゃあ、あのマンションができた頃に再婚したの」

「みたい。予約した結婚式場を、旦那さんの母親が勝手にキャンセルしたって噂だった」

嫁と姑の折り合いが悪いらしい。草は紙ごみで一杯になったビニール袋の口を縛る。

「じゃあ、奥さんが介護してるのは、実のお母さんかしらねえ」

「介護？　あら、初耳。でも、そうよねえ。そういう姑じゃ、とても看切れないわよ」

結局あの老婦人については知らないか。久実を外にやってまで聞き出そうとしたのに、あっさりと空振りだ。草は顔に出さないように、でき上がったセット商品を数える。

「わたしも詳しくは知らないけど、とにかく介護は大変だわ」

「本当に大変だと思う。うちと同じとは知らなかった」

大野は最後の言葉をため息と一緒に吐いて、赤い髪を両手で掻き上げる。草は以前、大野から痴呆の出始めた母親を三人姉妹で看ていると聞いた。未婚の次女が母親と一緒に暮らし、次女が出かける時間は、残りのふたりで世話をするのだという。

「それでも、家に医者はいるし、うちのインコとは違って息子には手がかからないから」

「でも、耕治くんはサッカーが得意なんでしょ」

「まあね。それがなかったら、とっくに警察のお世話になってるわ。サッカーの強い高校から話がないわけじゃないけど、入っても必ずレギュラーになれるわけじゃないし。その時が一番恐いのよねえ。やけになって横道へずんずん外れて行きそうで。だけど、これだけ親が心配してるのに、本人は何も考えてないんだから。嫌になっちゃうわ」

地元のFM局が、ボサノバ特集の後半の前に、空き巣対策について伝えている。近頃この辺りでも空き巣被害が増えてきたからだろう。

草は作業を終えてカウンター内に戻った。

通っている整体院も空き巣に入られたと大野が言う。受付に座っているそこの奥さんに聞いた話らしい。サッシのガラスに小さな穴が開けられているのに気付いて修理した。外から穴を通じて棒状のもので鍵をつつけば開けられるし、警察もそういう形跡があるから空き巣の仕業だろうと言ったが、おかしなことに、整体院では七人もの家族が暮らしていながら、どんな被害にあったのかはっきりしない。通帳やカード、貴金属類は無事だし、まとまった現金がなくなった覚えもない。年寄りの財布から抜かれたならわからないかもしれないけど、と奥さんが苦笑いしていた。そう話す大野に、草は相槌を打ちながら、ノート型パソコンの上に置いた、読みかけの新聞の見出しに目を落とす。

——老人介護の現場で暴力。

足音に目を上げると、ガラス戸の向こうに紙袋を胸に抱えて久実が走って帰ってくる。日差しはもう春めいたまぶしさだ。草はそのまぶしさを借りて目を細め、勢いよく飛び込んで来た久実になんとか笑顔を間に合わせた。

3

庭に面する居間は日向《ひなた》の暖かなにおいに満ちている。

「どうしたの、草ちゃん。足なんか擦《さす》っちゃって」

草を草ちゃんと呼ぶのは、子供の頃からの付き合いの由紀乃だけだ。

バリアフリーマンションのモデルルームに見えるこの家は、ひとり暮らしの由紀乃が脳梗塞で倒れた後に、九州に住む長男夫婦の提案で建て替えたものだ。九州に来てほしいという息子に、由紀乃が頑として首を縦に振らなかった末の妥協点だった。外出は通院以外ほとんどしないし、週二回、掃除や買い物などの介護サービスを受けてはいるが、由紀乃は先が四つ足の杖を突きながらも、身の回りのことはなんとかこなしている。

「ちょっと歩き過ぎた。この前の雪かきで腕は痛くなるし、寄る年波には勝てないわ」

「何言ってるの。草ちゃんほどの健脚は見たことないわよ。さすが、徒競走の選手ね」

柔らかなソファで向かい合う由紀乃は、何十年も前の話を昨日のことのように鼻を膨らませて誉めてくれる。丸眼鏡に丸い鼻、膨らんだ頬。草から見ると由紀乃の顔は幼い頃と変わらない。ただ背中が丸くなり、少し左半身の自由が利かなくなっただけだ。

「由紀乃さん、わたしもお昼を食べていくわ。店は久実ちゃんに任せてきたから」

「まあ、よかった。ふたりだと楽しいもの」

草は千鳥格子の紬《つむぎ》の膝から手を離し、テーブルの風呂敷包みをほどく。梅柄の小振りの二段重を一段ずつ由紀乃と自分の前に置く。それぞれに稲荷寿司、銀鱈の粕《かす》漬け、ほうれん草の胡麻和え、漬物を詰めてある。

「そうねえ、もう梅の季節ね。ついこの前、雪が降ったのに」

由紀乃は庭のほころび始めた白梅をいとおしそうに眺めてから、お茶道具の載った盆を引き寄せる。右手で茶筒を取り上げて、左腕と胴の間に挟み、ゆっくりと蓋を開ける。由紀乃の動作はとても遅いが、草は手伝わずにのんびりと彼女の入れてくれるお茶を待つ。由紀乃はコーヒーを飲まない。嫌いなのだ。健康だった頃の由紀乃は、小蔵屋のカウンターに座ってては小声でお茶にしてねと言ったものだ。

「ねえ、どうしてそんなに歩いたの」

バレンタインデーが終わってからの四日間、草はまだ昼夜時間を変えては小宮山家付近を歩いていた。胸に抱いている不安を周囲に相談するにしても、人伝《ひとづて》でなく、自分自身でもう少し具体的に知りたかった。何しろ、小宮山夫妻の顔も知らなかったのだから。

「ちょっとね」

短い草の返事に、急須に茶匙で葉を入れたところで由紀乃が顔を上げる。草が話す気がないのを見て取ったのか、ずり落ちた眼鏡を直すと由紀乃はゆっくり茶筒の蓋を閉める。

話そうとしないことは訊ねない、話すことだけを静かに聞いてくれる、草にとって由紀乃はそういう人だ。熱病に似た恋愛の末に山形の旧家に嫁いだ時も、後妻を用意してから離縁された時も、夫に取り上げられた息子の良一が用水路で溺れて死んだ時も、由紀乃は草の声を雨を受け止める湖のように聞いていた。草の戦死した兄も若くして病死した妹も、由紀乃が大好きだった。

由紀乃は右手で電気ポットに急須を合わせ、指の曲がった左手を給湯ボタンに押し付けて慎重に湯を注ぐと、おいしそうねと重箱を覗いて微笑んだ。

その夜、草はまたマンション周辺の散策に出た。左手には相棒の蝙蝠傘を持ち、着物の上にウールのショールを羽織った。昨夜とは打って変わって風もなく三月並みに暖かで、歩いて体が温まってくると腰に入れた使い捨てカイロが熱いくらいだ。早朝にも来たので、今日はもう二回目になる。

この四日間に、草は小宮山夫妻を見かけている。見た目など当てにならないのは承知しているが、暴力が結びつかない、ごく普通の人たちだった。

医師をしているという夫は、夜、マンションの前でタクシーを降りた。降りると同時に鳴った携帯電話に小宮山と名乗り、学会という言葉が出たのでそうとわかった。長身で声は低く、忙《せわ》しない動作がやや神経質そうに見えた。

妻のほうには庭先で洗濯物を取り込んでいる時に会った。通りかかった草は、嘘も方便と、懐からタオルハンカチを取り出し、洗濯物が落ちていますよ、と声をかけてみた。フェンス越しに首を横に振った彼女は、少し顔色が悪かったものの、むしろ普通の主婦より化粧も髪型も垢抜けていた。抱えていた大量の洗濯物に、ずいぶん家族が多そうで大変ですね、と草が言うと、四人だけですよ、と主婦は微笑み、にわかに鳴ったやかんの笛に呼ばれて家の中に入ってしまった。さりげなく老婦人の話を切り出す間もなかった。

わかったのは、小宮山家に暮らすのは夫妻と息子と老婦人の四人で、草の知らない誰かがオムツを使用している可能性はないということだけだった。

午後十時を過ぎた住宅地に歩いている人はなく、時折、車が走り抜けるくらいだ。街路樹に引っかけられていたペットボトルを、草は蝙蝠傘でつつき落として拾った。腰籠が要ったかなと思いながら見上げた空に、月は見えない。太った灰色の猫が、我が物顔で道を横切る。

あの老婦人は今どうしているのだろうか。他人の家は密室だ。それを知るのは難しい。一月末の雪以降収まっていた暴力がまた最近始まり、老婦人を動けなくしたのではないかと疑いながら、隣の冬柴少年の気にも留めていない様子が浮かんでくる。後で気付いたのだが、彼は小宮山家の息子と同い年だ。たぶん同じ中学校に通っているのだろう。その冬柴少年が気にしていないなら大丈夫な気もする。

結局、手渡された数ピースをどう並べても、ジグソーパズルの絵が何なのかわかりはしない。さて、どうしたものか。

マンションの斜め前の角にある一戸建ては、門の奥の暗がりにジュースの缶や白いビニール袋が転がっている。散らかったままで数日経つだろうか。これでは留守と知らせているも同然で実に物騒だと、草は門の前で顔をしかめる。そして道を渡り、もう見慣れてしまった青い窓の下に立った。傘を突き背筋を伸ばす。

一〇二号室の他の部屋には明かりが点《つ》いている。静かだ。こうして温かな光を見ていると、やはり考え過ぎなのかも知れないと思えてくる。

遠くから、子供の泣く声がする。

でも、もし何かを見過ごしていたら――。どうしても、あの日の〝記憶〟がそう胸をざわつかせる。喪服の声によって語られた、あの日。見てもいないのに映像として心に焼き付いてしまった情景。草は白髪の後れ毛を櫛で整え、目をつむる。

春の日、幼い男の子がひとりで畑を抜けて用水路の方へ駆けてゆく。きらきら光る水の流れにたんぽぽを投げ入れるのが好きなのだ。ある農夫は男の子がひとりなのを不思議に思い、ある老人は顔馴染みの子守りを目で探したが崩れた背負子《しょいこ》の荷のほうが気になり、擦れ違った小学生の女の子たちは振られた手に同じように応えた。しかし、誰ひとり男の子に声をかけたものはいなかった。ひとりじゃ危ないよ、と声をかけさえしたら、男の子は増水していた用水路に足を滑らせなかったかもしれないのに。その時できたはずの簡単なことがなされていたら。

いや、結局は自分だ。

肩に掛けたショールを胸元に掻き寄せ、草は冷たくなってきた鼻を埋める。よく熱を出した良一の湿った熱い息、汗で張り付いた額の髪、真っ赤な丸い寝顔が鼻先に浮かび上がる。潤んだ黒い瞳はいつも草を探し、見つけては安心していた。そんな良一を置いてくるのではなかった。さらってでも連れて来てさえいれば。

「大丈夫ですか」

驚いて振り返った草の前に、見知らぬ男の顔があった。三十代後半くらいの制服の警官だ。何度か会ったことのある近くの交番の巡査ではなかった。草は涙の浮かんでしまった目に決まりが悪くなって、急いで瞬いて笑顔を作る。

「まあまあ、すみません」

何がすまないのか草もわからないが、冬の夜道に立つ老人に警官が声をかけるのは当然だし、ここにいる理由も説明のつくものではないので、つい口に出た。警官が草を覗き込んで、また一歩近付く。

「本当に大丈夫ですか。家まで送りますよ」

「いいえ、すぐ近くですから。ご心配ありがとうございました」

なんと親切なとは思ったが、草は丁重に断って歩き出した。自宅方向ではなく十字路を真っ直ぐに渡って、由紀乃の家の前を通って帰るつもりだった。明かりが点いていたなら電話して窓越しに手でも振ろうと思ったのだ。由紀乃は最近よく寝付けないとこぼしていた。

ところが、草の前に警官が回り込み、両手を広げて通せんぼをしたのだ。草は一体何事かと身構えた。

「こっちじゃなくて、あっちでしょう」

警官が右手で指し示したのは小蔵屋の方向だった。彼は草が小蔵屋だと知っているらしい。それにしても何を考えているのか、度を越した親切だ。草も少々腹が立ってきた。つい語調が強くなる。

「小蔵屋をご存知ですか。ちょっと知り合いの家に寄ってから帰るものですからね」

すると警官は眉根を寄せて一言つぶやいた。なんだ小蔵屋はわかるんだな。

草はやっと合点がいった。痴呆で徘徊していると思われたらしい。怒り半分、笑い半分、草は無言のまま顔の前で手を左右に振った。手助けは必要ないという意味だ。

「あのね、とにかく送って行ってあげますから」

まるで迷子に話しかけるような、警官の甘ったるい口調が気に障った。

「おばあちゃん、最近この辺りをずっと歩いているでしょう。心配した人から交番に通報があったんですよ」

「そ、それは用があるからです」

草の頭に、かあっと血が上った。この何日かの行動が他人から見たらそう見えるのか。小蔵屋のお草が痴呆で徘徊している、と。傘を握る手に力が入る。

「とにかく帰りましょうよ、夜も遅いし危ないから。このペットボトルは拾ったの？ほら傘はわたしが持ちますから」

手間をかけさせないでくれとばかりに警官は草の腕を取り、傘を取り上げようとする。

「大丈夫です」

草は警官の手を振りほどく。参ったなあ、頑固で。警官の二度目のつぶやきが火に油を注いだ。

「失礼も大概にしてください。わたしは呆けていませんよ」

草は腹の底から叫んでいた。

幾つかの窓が開いた。草は飛び出した声を掻き集めて喉に押し戻したいと思ったが、もう遅い。カーテンの開く音が続き、あちこちの窓に顔が現れ、幾つもの視線が草と警官に降り注がれる。小さな街灯がふたりの立つ十字路を円形舞台のように浮かび上がらせ、観客は何が起こったのかと息を呑んで見つめている。

「おばあちゃん、そう興奮しないで、ね。何かしようとしているわけじゃなくて、家に帰りましょうというだけなんだから。ほら、わたしは警察官なんだから安心でしょう。まったく参ったなあ」

草よりもむしろ野次馬に聞かせるためか、警官は声を張り上げる。その前で、草は恐る恐る周りを見回した。野次馬の中に知った姿があった。マンションの窓には、二〇二号室の大柄な主婦、一〇一号室の冬柴少年。またマンションの向かいの家の窓にも、雪の朝に挨拶を交わした主婦が。彼らは部屋の明かりを背にして、シルエットとなって浮かんでいる。

そして、何よりも草を動揺させたのは、次に発せられた声の主だった。

「お巡りさん、どうなさいましたの」

声のした背後のマンションを見上げた草は目を見張った。声の主は一〇二号室の小宮山老婦人、その人だった。掃き出し窓を開けて立っている彼女の右手に包帯はなく、出かけていて帰ったところなのか訪問着姿だ。帯の金糸が微かに光る。

警官は小宮山老婦人に向かって、大きく両手を振って言った。

「お騒がせしてすみません。何でもありませんから、ご安心ください」

草は数歩あとずさりすると、マンションに背を向け、小走りに逃げ出した。小蔵屋を目指した。拾ったペットボトルが落ちて足元に転がり、警官が何か呼びかけたが、草は振り返らなかった。どこかで犬が吠える。それを合図にあちこちから犬の声が飛び交う。

頼りなげな街灯が照らす街並みは揺れる視界の中で現実感を失い、草は自分が正気なのかどうかも確信が持てない気がした。ただ、呼吸するたびに冷たい空気が刺さる喉のひりひりした痛みと、軋《きし》む足だけが確かだった。立ち止まっても、もう誰も追っては来ないだろうに、草は足を前に出し続けた。まるで夢の中だ。足は重く、思う通りに身体を前に運んでくれない。心臓が限界だと悲鳴を上げる。アスファルトに引き摺っているショールが、地の底へ引っ張ろうとする。

最後の角を倒れるように曲がる時、なぜか草は、小蔵屋がそこにあってくれと祈らずにはいられなかった。

4

翌日の月曜日。小蔵屋はいつもの通り、主婦たちのにぎやかな声とコーヒーの香りに満ちている。

しかし、草はその中にするっと現れては消える好奇と同情の目に気付いていた。テーブルの主婦三人がこちらを盗み見ては、まさかだの、普通に見えるけどだのと始めたのが最初で、窓越しに店内を覗いていた人が草と目が合うと早足で去っていったり、コーヒーを受け取りながら草の顔を覗き込む客がいたりと、たった一晩で昨夜の一件はかなり広がっているらしい。銀行に行くついでに、幸子と由紀乃にポトフを届けに寄ってもらっている、久実の耳に入るのも時間の問題だろう。

草はコーヒーカップを洗いながら、あくびを嚙み殺す。

ベッドで寝返りを打つのに飽き飽きして、午前三時には起き出し、冷凍してあった牛すね肉でポトフを作り始めたので、昨夜はほとんど眠っていない。

余所《よそ》へのいらぬ心配の末に痴呆老人に間違われた悔しさに右へ、さらし者になった恥ずかしさに左へと転がり、終いには孫の世代の警官相手に取り乱した情けなさに、じっとしていられなくなったのだ。老いに覚悟も誇りも持っていたはずなのに、結局どこかに自分だけは老いの外だという妙な自信があったのかもしれないと思い至ると、肉や野菜を切る手に力が入った。

身体の不自由な由紀乃に同情や優越を感じていなかったか。こうして考えている自分は確かなのか。もしかしたら、正気と信じている自分は、自分の異常が理解できていないだけなのではないか。

草の心は鍋の灰汁《あく》のように、すくってもすくっても泡立った。

大鍋一杯のポトフができ上がる頃になってやっと襲ってきた眠気は、店のカウンターに立つ草の背中にぺたんと張りついたままだ。

蛇口を閉めると店の電話が鳴った。駐車場を貸してくれている幸子だった。

「お草さん、さっきはどうも。悪かったわねえ」

「ちょっと早く目が覚めちゃって、たくさん作ったものだから」

コーヒーを飲み終えて出ていく客に、草はあわてて受話器を手でふさいで独特のありがとうございましたの声をかける。

「――たりするとあれだから」

幸子の話は続いていたが、要領を得ないので草は訊き返した。

「だから、ほら、料理だって今までみたいにはいかないでしょうから、わたしはもういいわ。持って帰ってもらったのは、せっかく作ったのを一食分でもいただいちゃ悪いからなのよ。気を悪くしないでねえ。じゃあ、お大事に」

一方的な幸子の電話がぷつんと切れた。草は受話器をしばらく耳に押し当て、耳障りなツーツーという電子音を聞いた。もう幸子の耳にも届いたのだ。あれこれ考えまいと受話器を置いて、開いたガラス戸にいらっしゃいませと顔を向ける。

店のざわめきが、ほんの一瞬やんだ。久実に支えられて、杖を突いた由紀乃が左足を引きずりながら入って来たからだった。ビデオの一時停止を解除したようにまた動き出した店内を抜けて、由紀乃がカウンターの壁際の席に身体を収め、にっこり笑う。

「これ、長瀬さんがごちそうさまでしたって」

久実はカウンターに小鍋の入った紙袋を置いて、和食器のコーナーに行ってしまう。長瀬とは幸子のことだ。しかし、草が持ってみると紙袋は軽くなっている。

お久し振りと心の中で挨拶でもしているのか、由紀乃は愛おしげにカウンターをなでた。

「今、幸子さんから電話があったところ。これは由紀乃さんがもらってくれたの?」

草が紙袋を揺らしながら話しかけると、由紀乃は顔を上げ丸眼鏡を押し上げた。

「あら。それじゃ、久実ちゃんの努力も台無しねえ」

ふふっと、由紀乃は小さく笑う。

「努力？」

隣は二席空いていたが、由紀乃は草に手招きをして近寄らせ、内緒話をするように口に手を当て小声で答える。

「幸子さんが言ったんですって。徘徊し始めたら、何を入れちゃうかわかったものじゃないって」

草は返事に詰まった。

もう桜が咲いていたとでも報告するような調子で、由紀乃は楽しげに話を続ける。

「久実ちゃん、うちの玄関に入ってきたら、いきなりスプーンを貸してくださいって言って、ずかずか台所に入って、仁王立ちでそのお鍋のポトフを食べ始めたの。どうしたのと聞いたら、食べながら幸子さんのところで聞かされた話を一通りしてね。久実ちゃん泣き出したわ、悔しいって」

ここで由紀乃は元の姿勢に戻った。

「それでも、あっという間にお鍋は空。さすが久実ちゃん」

店の奥で接客している久実の丈夫な背中が見える。草は紙袋を流しの脇に置いた。

「なんだか、かわいそうなことをしちゃったわ」

「だから、ひとりで帰すのが心配でついて来たのよ」

久実が口に放り込んだポトフの冷たさや、草の様子が心配だったに決まっている由紀乃の気持ちを、草は思った。鼻の奥がつんとするのを、唇をきゅっと結んで堪《こら》える。

「人間は案外変わらないものね。父が結核の患者さんを診ていたでしょ。だから、あの人はわたしと話す時、いつもちょっとだけそっぽを向いてたの。頭にきたから、彼女の大嫌いな蜘蛛を背中に落としてやったわ」

由紀乃が言ったそれは、草のある思い出につながった。子供の頃、背中を覗き込んで蜘蛛だと叫んだ男の子と飛び上がった幸子が、田植え直前の田んぼにもつれ合って落ち、泥だらけになったふたりを由紀乃と引き上げたことがある。母が作ってくれた紺色のスカートがずっしりと泥水を含んで、草はひとりになった帰り道に涙が出た。忘れもしない。

「田んぼのあれ、由紀乃さんがやったの?」

由紀乃が自慢げに笑った。そして、お、ちゃ、ね、と大きく口を形作った。

午後五時を回ると急に客が引けたので、草は久実を一時間早く帰した。今夜は近場のスキー場で滑る予定だというので勧めたのだ。ふたりきりになって、久実の顔を見ているのがつらかったせいもある。

閉店まであとわずかの誰もいなくなった小蔵屋で、草はカウンター内の椅子に座り、流しの横のステンレスに俯せた。

足腰がぱんぱんに張り、寝不足で草の身体は何倍も重かった。疲れ切っていた。自分のために入れたコーヒーの湯気越しに、開け放った小窓から、毎夜十時までライトアップされている丘陵の観音像が見える。橙《だいだい》色の光が足元から当てられた観音像は、濃い墨色の空に浮かび上がる実体のない光の像のようだ。草は観音に心の中で手を合わせながら、小蔵屋も潮時かもしれないと思う。

午後、小蔵屋にやって来た運送屋の寺田は草の顔を見て安心すると、飛び交っている噂を裏の事務所で教えていった。草がマンションの郵便受けに汚れたチラシを詰め込んでいたとか、警官に傘で殴りかかったとか、他人の敷地にごみを投げ入れた、小蔵屋はもうすぐ閉店する、いや入院したらしいなどと事実に尾ひれも通り越した話だらけで、話す寺田も聞く草もあきれ果てて笑いが漏れた。寺田は、なぜ夜遅くあんなところへと、久実も由紀乃も呑み込んだ、もっともな質問をした。草は黙ったまま、ただ首を横に振った。

ひとり身の草は小蔵屋を始めた時から、自分が死んだ時あるいは病気で倒れた時に、店とわずかな財産をどうするか準備はしてある。しかし、この調子では小蔵屋の商売は予想しなかった終わり方になるかもしれない。信用を失えば店は簡単に潰れる。

草は両手を突っ張ってやっと立ち上がり、水を張った洗い桶の中に手を突っ込んで布巾を握った。ゆるゆると通り過ぎる焼き芋屋の決まり文句とにおいが、冷たい空気の上を滑り降りてくる。窓の脇に掛けてある細長い鏡の中から、無言でこちらを見ている白髪の老女に、草は、はっとした。垂れ下がった後れ毛、色を失い染みの浮いた頬、数え切れない皺。鏡に濡れ布巾を叩きつけると老女は飴のように歪《ゆが》んで流れた。

突然、ガタンと戸の音がして、草は驚いて振り返った。スニーカーの足が引っ込んで出て行った。草が追いかけて戸口に行くと冬柴少年だった。

「いらっしゃいませ。どうぞ」

少年は捕まってしまったという表情で、自転車を跨《また》ぎかけた足を下ろして小蔵屋に入ってきた。少年の目は久実あるいは他の客の姿を必死で探し、いないとわかると必要最小限の言葉と時間を使って、草から贈答用のコーヒー豆を手に入れ出ていく。草はそんな少年相手に昨夜の誤解を解く気にもなれず、いつもどおりのありがとうございましたを言うのがやっとだった。

早々にカウンター以外の明かりを落とした。戸締まりをしようと再び戸口に戻り、ガラス戸の鍵に手をかける。

「やばいんだろ」

外の声に目をやると、冬柴少年が店の前で誰かと話をしている。相手は野球のユニホーム姿で、冬柴少年と同じくらいの年頃だ。部活帰りの友人に偶然会ったのだろう。どちらも自転車に跨がっている。向かいの清涼飲料水の自動販売機が白々とまぶしい。

「小宮山んとこか。やばいよ、かなり。うちの母親は夫婦喧嘩くらいにしか思ってないけど。いつもノイズキャンセリングのヘッドホンつけて、仕事部屋にこもってるからさ」

　答えたのは冬柴少年のほうだった。草はとっさに戸を少し開け、耳を隙間につけて座り込んだ。そうすれば戸の下部は板になっているので姿を見られにくい。冬柴少年は続ける。

「小宮山の部屋、俺の部屋の隣だろ。だから結構聞こえるんだけどさ。最近じゃ、しーんとしてて、やめてくださいとか、お父さんすみませんとかも、全然なくて不気味。一月の末の雪の夜にものすごい音がして、それっきりだな」

「もう三週間以上欠席してるだろ。佐々木に言わないのかよ」

「佐々木先生には、小宮山のお母さんが病欠だって連絡してるんだぜ。しかも、そのお母さんが言いなりらしい」

「言いなり？」

「かばったら自分がやられるからじゃないの。俺もパス。こえーよ、隣だぜ」

「ひでぇ」

「なら、自分でどう？　強敵だけど。いつか殺されるかもって、小宮山が言ってたくらい」

　そこで少年たちの会話は止まった。

草は幻聴と思ってしまわないように、爪が食い込むほど強く拳を握った。馬鹿だった。自分の騒ぎに夢中でその先を考えてもみなかった。簡単なことだ。小宮山夫妻と老婦人が元気なら誰が、と。

ペダルを踏み出した音がする。

「じゃあな」

「あ、松本。明日CD返せよ」

「エミネムな。わかった」

小蔵屋の前を左右に別れて少年たちの自転車は消えていった。草は引戸を開けて、表に立った。寒さに立ち尽くす草を、暗い空から丘陵の観音が見下ろしていた。

5

寝静まった住宅街は、草を呑み込んだ巨大な悪夢のようだ。

青いカーテンの窓はすぐそこにある。草は綿入りの作務衣姿で傘をついた。

バイクのエンジン音が向こうの通りを行く。草は十字路に立ちマンションを見上げた。上階の部屋は、幾つか明るい。何かの音に振り返ると、相変わらず散らかったままの角の家で、ごみが風に転がされていた。

少年たちの話を聞いた後、草はたまっていたここ一月分ほどの新聞を居間中に広げて、子供への虐待の記事を読み漁《あさ》った。

被害者は幼児から中学生まで幅広く、虐待事件は驚くほど多い。死亡あるいは傷ついた子供たちを前にいつも繰り返される、学校や児童相談所の不手際と責任のなすり合い、警察の介入を含めた子供を守る新しいシステムを求める声。事件発覚後のインタビューに、ある者は虐待する声を何度も聞いたと言い、ある者は普通の親子に見えたと答える。当人から虐待の事実を聞いていたが、他の人にしゃべらないという約束を守りぬいた被害者の友人もいる。

しかし、事実の重さの前にすべては砂のように何も形をなさない。

あの窓の向こうに、誰からも見捨てられた少年がいるのだ。血のつながった母親にさえ見捨てられた少年が、あの青い窓の向こうに。

草は唾を飲み込んだ。

少年が自力で逃げたとは考えられない。虐待事件の発覚を恐れる父親がそれを許すはずがないし、マンションの住民たちの話からすれば、少年は父親が暴力の手を緩めるほど衰弱した状態だと判断するほうが妥当だ。警察や学校、児童相談所に通報すべきだろうか。それが正しい手順だろう。しかし、そんなに時間がかけられるのか。今、少年は生死の境目にいるのかもしれないのだ。その間に取り返しのつかない事態になってしまうかもしれない。しかるべき機関に働きかけても、草の痴呆の噂が邪魔をする可能性もある。道端に倒れている子供がいたら、誰だって救急車を呼ぶ前に駆け寄るはずだ。

たった一枚のあのガラス窓を破れば少年を助けられる。

覗き込む警官の顔、好奇と同情の目、小蔵屋。それらが草の脳裏を横切った。しかし、最後に良一の黒い瞳がじっと草を見据えた。黒い瞳は草を捕らえて放さない。

草は意を決した。ここまで迷っていたが、やはりあのガラス窓を割るしかない。そして少年を確認して、救急車と警察を呼ぶのだ。

草は侵入経路を考えた。マンションの敷地は南側が一メートルほど高くなっているから、道路から直接、庭に上るのは草には無理だ。マンションの入口側から植え込み伝いに一〇二号室の窓に回るしかない。狭いがなんとかなりそうだ。腰高窓には室外機に足をかければよじ上れるだろう。運良く不動産情報の折込広告に載っていた間取り（同型と思われる、上の四〇二号室が売りに出ていた）が救いだった。目的の部屋は、十五畳のリビングダイニングを挟んで、他の三つの個室から離れていた。北側の玄関から入った場合、廊下を右に行くと少年の部屋、左に行くとそれ以外の空間というわけだ。そして、それは少年の存在を忘れて生活するのに都合のいい造りでもあり、草をぞっとさせたのだった。

草は一息吐いて携帯電話のマナーモードを確かめ、作務衣のポケットからドライバーを取り出した。これを窓ガラスの縁の二か所にねじ込んで鍵の辺りを三角に割る方法なら、比較的静かで簡単だと、最近テレビのニュース番組を見て知ってはいた。もちろん、ぶっつけ本番の大胆な計画だ。不法侵入や器物損壊などの罪に問われると承知しているし、少年がどこかに移動させられていたり、誰かに気付かれれば失敗だろう。しかし、他に、今すぐ少年を救う方法は考えられない。

もう、あれこれ考えるのは意味のないことに思えた。寝不足と疲労の濃霧はいつの間にか晴れて、目の前の矢印は進むべき道をはっきりと示していた。

草は腹に力を入れた。そして今度はポケットから軍手を取り出しはめようとした。が、手が滑ってドライバーを落としかけ、それを受け止めようとして二度お手玉をしたら余計に勢いがついてしまい、ドライバーは角の散らかっている家の門を潜って、ころころと向こう側に転がっていってしまった。幸い傘を使えば取れそうな距離だ。草はしゃがんで傘の先端を握って門の隙間に通し、傘の柄の曲がりでドライバーをなんとか手前に引き寄せようとした。

その時、横切ろうとした何かが傘に引っかかり、門の向こうにどさりと倒れた。傘を持った草の右手にかなりの衝撃が走った。

「ううっ」

男だった。全身黒ずくめの男は顔から敷石に倒れたらしく、手袋をした手で鼻の辺りを押さえて丸まっている。

「何やってるの、あんた」

ひそめた声をそれでも最大限にして、草は男に問いかけた。訊くまでもない、不審者に決まっていた。この家の住人だったら、先に草がこう言われている。

「かぁー。サイテー」

男は流れた鼻血を袖で拭いて、草に顔を見られまいと、うつむき加減に身体を起こして座った。脇腹や足を擦ってまだ低く唸っている。ナイロン製のジャンパーのフードから半分出ている今風のとがった短髪が若く見せているが、あるいは四十を超えているかもしれない。草が老人なのでいつでも逃げられると高をくくっているのか、痛くて動けないのか、男にあわてて逃げる様子はない。門の向こう側にいて、すでに鉄格子の中に捕らえられているかのような男は、鼻を押さえたままのくぐもった声で言った。

「ばあさんこそ、よその家で何やってんの」

「それは……」

草は答えに窮した。男は落ちていたドライバーに気付き、拾って草の顔と見比べた。

「そこの小蔵屋だろ、ばあさん」

「知ってるの?」

コーヒーを飲みに寄ったことがあるのだろうか。しかし、男に見覚えはない。いや、男は空き巣か。小蔵屋も標的になっていたのか。

「警察には言うなよ。言ったら、小蔵屋のばあさんがここでおかしなことをしてたと通報するし、小蔵屋は俺の仲間に常に狙われるはめになる」

草の頭にある件が浮かんだ。

「まさか、うちの近所の整体院に？」

男は少し顔を上げて、口元だけで笑った。

「小蔵屋は何を盗まれたかわからない整体院とはわけが違うのよ。このわたしが隅から隅まで目を光らせてるんだから」

さも面白そうに、今度は男は笑顔になった。じゃあ試してみるかいとでもいうように。

「言っとくが、仲間には気の荒いのもいるんだ」

男はドライバーを草に放って、右足を擦りながらゆっくり立ち上がり、草がいなくなるまで庭の隅で休むつもりなのか、背を向けて奥に行こうとした。男は中背のどちらかと言えば痩せ型だが、そのわりに胸板は厚くしっかりした体つきをしている。

咄嗟《とっさ》にひらめいた草は、門の隙間に手を入れ思い切り伸ばして、男の足首に傘の柄を引っかけた。男はまたつんのめって転がり、その勢いで引っ張られた草は門に頬骨を打った。

「なんだ！」

振り返った男は、周りに聞こえないよう、かすれた怒鳴り声を草にぶつけた。

「お前さんを雇いたい」

草は男の目を真っ直ぐに見て、思いついた計画を説明し始めた。

男は門の掛け金を外して草を招き入れた。そして他人の家の庭先で、しばらくの間、黙って話の続きを聞くと言った。

「本気？」

街灯が微かに届く中、草は庭石に、男は枯れ芝に腰を下ろしている。風は弱まったが、しんしんと冷える。

「やれないかい」

草は少し腫れた頬を押さえたまま言った。

「俺も中学生を盗むなんて初めてだからな。だって誘拐だろ、それ」

しかし男の顔色は落ち着いていた。切れ長の茶色い目は、興味深げに草を眺めている。

「わたしが家に入り込んで、外と連絡をとっても、見つかったら助け出せないかもしれない。親が玄関先で警察官や救急隊員に間違いだったと言い張ればそれまでだし、痴呆だとわたしを警察に突き出したっていい」

「痴呆？」

「昨夜あの部屋の様子を見に来て、警官に徘徊だと勘違いされて大騒ぎになったの。野次馬が出てきて、さらし者よ」

なるほどね、と言った男の声には、しっかり笑いが含まれている。

「その子を外に出してもらえれば、確実に助けられる」

「簡単じゃない」

男は寒さに襟元までファスナーを上げる。そして、鼻の擦り傷に触れながら、夜の一点を見つめていた。揺れる天秤を見ているのだろう。

「もしも何もせずに、今夜あの子が死んでごらん。今やろうとしたことがどんなに簡単なことだったかと、後できっと後悔する。少なくとも、わたしはね」

「ずいぶんな正義漢だな。赤の他人で、会ってもないんだろ」

突き立てた傘の柄を、草は血管と染みの浮いた両手で握り締めた。

「見られてるから」

男は草に顔を向けた。草は風にざわめく庭木の向こうの星空を見上げた。

「毎朝手を合わせてる観音さまが、河原の神さまが、三つ辻のお地蔵さんが見てる。何より、長いことあの世で待ってる息子が見てるの。わたしがちゃんとしていたら、死ななくて済んだ子がね。だから中途半端はできない。それだけ」

草の白い息は夜空に吸い込まれて消えた。男は顎を揉んで少し沈黙した後、立ち上がって、頑丈そうなウエストポーチを両手でなでた。

「成功報酬、これで」

男は右手の指を二本、Ｖサインのように草の目の前に突き出した。

草は見張り役を買って出たが、素人の見張りなどいらない、危なくなったらすぐに逃げると男は言い残した。

プロは仕事が早い。男は草を門の内側に残して十字路を斜めに渡り、道路から直接一〇二号室の青い窓の前まですると登り、音もなく窓を開け、長方形の暗闇に消えた。わずか一、二分のことである。草は男の腕の良さに惚れ惚れした。

少年の状況を見た上で助け出す準備ができたら、男が窓に顔を出す約束になっていた。息をひそめて待つが、一向に男は姿を現さない。少年がいないのか、あるいは遅過ぎたのか。沈黙の時間は限界まで引き延ばされて、張り詰めていた。

男が侵入して七分が過ぎた。無表情に時を刻む携帯電話を握る草の手は、緊張と寒さで感覚を失っていた。少年本人に抵抗されたり、誰かに見つかったなら、男は出てくるはずだ。しかし、片側に寄せられた青いカーテンは窓を闇と分け合ったまま揺れもしない。

おかしい。窓はブラックホールと化してすべてを呑み込んでしまったようだった。待ちきれず草は十字路に飛び出した。男が取り押さえられたりしているなら、ここで騒ぎ立てて、彼に逃げる機会を与えなければならないだろう。心臓が波打って血の気が引いてくる。草は息を大きく吐いて、落ち着きを手繰り寄せようと努力した。

その時、かすかに、マンションの自動ドアが開く音が聞こえた。住人の誰かが出てきたのか。草はあわてて開けっ放しだった門に戻り、庭に身をひそめた。

しかし、出てきたのは丸めた布団を肩に載せた空き巣の男だった。

草が呆気に取られているうちに、男は角の家の門を入り布団を置いた。その布団から、痩せこけた少年の顔が覗いた。産着に包まれた赤子に似ていた。汚物と垢と消毒用のアルコールが混ざったような、ひどい臭いが鼻を突く。

「げ、玄関から出てきたのかい」

草の声は震えた。薄い白い息が少年から吐き出される。

この子は生きている。生きている。

「右手と両足に添え木をしていて時間がかかった。この状態じゃ、あんな小さな窓から出られやしねえよ」

草は汚れでもつれ固まった少年の髪をなでた。顔は痣《あざ》や傷跡で斑《まだら》になっている。

「意識が朦朧《もうろう》としてるんだね」

「何を打たれてるのか、注射針の跡がしこりになってる。でもさ、俺が助けてやる、ここを出たいかって訊いたら、こいつはちゃんとうなずいた」

男は友達にでもするように、黒い革手袋をはめた手で少年の頰を軽く叩いた。

「な、ちゃんとうなずいたよな」

少年の薄く開けた目から、涙が光って流れた。

「後ろからいきなり口をふさがれましてね。ええ、何をされるのかと驚きました。はあ、年のせいか眠れなくて、真夜中でしたけど散歩でもすれば疲れて眠れるかと歩いていまして。はい、男でした。この子は虐待されて逃げられないでいたんだが俺が連れ出してきたと、足元の布団を指してそう言うんです。泥棒が警察に電話するわけにはいかないから代わりに頼むってねえ。びっくりしましたよ、布団の端から男の子の顔が見えましたから。泥棒に入って偶然見つけたらしいですね。嘘じゃない、早くしろって。まあ、そりゃあ真剣でした。どんなって、警察にも言いましたけど、暗くてあんまりねえ。四角い顔の還暦くらいの年だったと思います。あら、マンションの防犯カメラでも顔はわからなかったんですか。考えてみると、あの男にもあの子と同じくらいの孫がいたのかもしれませんねえ」

事件が表沙汰になって数日間は、草の顔なしのインタビューが繰り返しテレビで放送された。画面は縞の着物の膝に置かれた染みの浮いた手。「深夜の虐待少年救出劇――空き巣とおばあさんの連携プレイ」と新聞にも見出しが躍った。

草が客に話しかけたりマンション周辺を歩き回っていたのは、客の噂話から小宮山家を気にしていたからだと察した久実、由紀乃、寺田が草の行いを誉めた。ポトフを断った幸子は、新聞を握り締めて小蔵屋にやって来た。

草を取り巻くのは相変わらず好奇の目だったが、警官ともめた夜のそれとは明らかに違っていた。しかし、匿名を条件に一度だけマスコミのインタビューに応じた以外、草は誰に何を訊ねられても、笑って顔の前で手を振るだけで沈黙を守った。もちろん、草が空き巣を雇ったことは誰も知らない。

6

早朝の小さな公園は静かだ。三月の山々は練乳をかけたように霞んで見える。草はいつも通り、河原で観音と小さな祠に手を合わせ、三つ辻の地蔵に立ち寄ってから、ここに来たのだった。

青い蛸の形をした遊具の脇を通って、草は欅《けやき》の下の古いベンチに腰を下ろした。蝙蝠傘をベンチの縁に立てかける。隣にはスポーツ新聞を広げた男が座っていた。

「見たぜ、テレビ。この二枚目のどこが六十のジジイなんだよ」

「見た通り言ったまで」

男は正面を見たまま、にやりと笑う。昨夜、一か月後という約束通りに電話をかけてきた空き巣の男は、ここを待ち合わせ場所に指定してきたのだった。

正面の柔らかな緑をまとい始めた柳越しに、虐待を受けていた少年、小宮山正弘が入院している病院が見える。

「あそこに地獄から盗んだ命があるわけか」

男は缶コーヒーをまずそうに飲み干して、ごみ箱に投げ入れた。

「うれしそうじゃないわね」

草は膝を擦った。先月の一件以来、足の調子があまり良くない。あの夜の寒さに負けて久し振りに風邪もひいた。

「ばあさんだって同じだろ。退院したって、どういう人生が待ってるんだか」

少年の家族は全員が逮捕された。

マスコミは次のように伝えている。主犯は継父で、結婚生活と仕事のストレスを、少年に暴力を振るうことで発散していた。自分と違い勉強もしないのにできる妻の連れ子に対する嫉妬も手伝い、犯行は日増しにエスカレートした。一月末には数か所を骨折させるに至り、痛いとうるさいので薬を打って静かにさせていた。実母は夫からの暴力を恐れて服従する一方、経済的には安定している生活を失いたくないという利己的な考えからも、少年を連れて逃げようとはしなかった。少年が動けなくなってからは、いっそ死んでくれればとほとんど食事も与えていない。元々このふたりの結婚に反対だった継父の母親は、事実を知りながら黙認し続け、時には少年の寝室がにおうと部屋の消毒などを少年の母親に指示。現在も、優秀な医師である息子の将来を嫁に潰されたと訴えているという。

「たとえあの夫婦が離婚したって、自分を見捨てた母親とは縁が切れるわけじゃない。血がつながってるんだ」

「そうだね」

柳が淡い緑を風に揺らした。男も、草も、黙ってそれを見つめる。

――お母さんをひとりにはできなかった。

どうして早く逃げなかったのかという警察の問いに、少年はそう答えたそうだ。

草は懐から分厚い封筒を出し、ベンチの上を滑らせた。男は封筒を取り上げて中を覗き、二枚だけ抜いて戻すと、勢いよく立ち上がり歩き出した。

「やせ我慢して、後でうちの店に入るんじゃないよ」

草は封筒を振って、男の背中に呼びかける。

「仲間には手を出せないさ」

男は背中を向けたままそう言って、駅の方に消えていった。

南風が土埃を舞い上げて男の足跡を消し、同時に草の足元に大きな紙を運んできた。

それは、絵画展のポスターで、赤い桜桃や麦の穂などが写実的に描かれた絵が印刷されている。公園脇の掲示板からはがれたらしい。草はポスターを拾って土を払い、掲示板に行って貼り直した。

その時、草はその静物画が胸から上の人間の姿であると気付いた。麦の穂が髪、桃が頬、きゅうりが首の一部という具合に、ひとつひとつは美しい果物や野菜を組み合わせて描き出されるのは奇怪な人物画。見続けていると、果肉が筋肉に、あるいは野菜の筋が筋肉の繊維となり、まるで人間の皮を剝いだ姿のように異様に迫ってくる。ひたすら自分の幸せを願う者たちが織り成すこの地上は、あの目に美しく映るのか。

草は丘陵の観音を見上げた。草の胸の問いに観音は答えはしない。画鋲《がびょう》がひとつ足らず、ポスターは風にばさばさと鳴る。

しばらく、草は乱れる白髪を手で押さえながら奇妙な絵を見つめていたが、やがて掲示板に背を向けて歩き出した。昨日注文の入った結婚式の引き出物の手配を急がなければならない。

クワバラ、クワバラ

1

口を尖らせた杉浦草《そう》は、老眼鏡のつるで白髪の頭を掻き掻き、伝票を持ち上げた。こぢんまりとした小蔵屋《こくらや》に、十万円近い未収代金は痛い。

夏の日差しにあぶられた店の表に水を打ってきた久実を、草は呼び止めた。

「ねえ、久実ちゃん。この伝票、覚えがある？」

玉の汗を日焼けした腕で拭った久実は、カウンター内へ走り寄ってきて、草の手元を覗き込んだ。一番客はまだで、店内にはふたりだけだ。

「コーヒーの一番高い詰め合わせですね。それ、快気祝いでした」

送り主の名前は、宮内という男性。住所は隣の市だ。

「まだ代金が振り込まれてないのよ」

「請求書を出して、もうひと月以上経ちますけどね。お草さんが常滑《とこなめ》から東京まで、幾日かかけて回ったでしょう。あの間に電話注文があって発送したんですから」

電話してみます、と言った久実が伝票をつまみ上げようとした。その途端、草が指に力を入れたものだから、伝票を引っ張り合う形になった。

「この請求先……」

「送り主じゃないんです。注文の電話をしてきた年配の女性が、わたしが払うからって」

草が驚いたのは、請求先の名前だった。

「やだ、これ彼女じゃないの」

伝票から手を離した久実は、お知り合いなんですか、と言って、草をじっと見つめた。

「ひょっとこが、梅干しを食べたみたいな顔になってますけど」

草はひょっとこのまま、視線を合わせた。

「最後に彼女に会ったのは、この小蔵屋を始めた時だわね。ずいぶん前」

「あんまり会いたい人じゃない？」

「なんと言ったらいいのか。話せば、長い長い話なの」

立ち上がってエアコンの温度を下げ、着物の襟や帯を直す。なんとなく心は戦闘態勢に傾いてゆく。

もう十年以上前の話になる。

2

上越線で三十分も北上すると、車窓から見える桜はまだ固いつぼみで、畑の梅は白い花を残していた。季節を半月ほど逆戻りしたようだった。

車内アナウンスが次の停車駅を告げた。草は無地の紬の襟元を整えて、ストールを肩にかけ、降りる準備をする。襟足近くの髷《まげ》から小振りのべっ甲の櫛を抜きかけたが、もう幾度も髪を梳《と》かしたのを思い出して、静かに元に戻した。

ボックス席の向かいに座っている由紀乃が、薄手のコートを羽織りながら言った。

「いい古民家だといいわね、草ちゃん」

昨日美容院で染めたばかりの艶のいい髪をなでて、由紀乃は丸眼鏡をかけたふくよかな頬を緩ませる。

「さあ、どうかしら」

前年、草は先々代から続いてきた小蔵屋を一新する決意をした。洗剤や駄菓子などを並べている古びた雑貨屋を、コーヒー豆と和食器を専門に商う店に変えるのだ。市内に大型日用雑貨店が増え、このままでは経営が先細りになってしまうので、若い頃から好きだったものを扱うことにした。若いうちに離婚してずっと古い店で働いてきたが、両親も亡くなってひとりきりになった今、最後に自分の夢にかけてみるのもいいじゃないかと思った。

新店舗は古材に白壁と瓦を使い、古民家風に仕上げる予定だ。自宅や実家を同じ方法で建てた工務店の社長と三か月以上打ち合わせてきて、やっと木材が利用できそうな古い民家が県北の山里に見つかったのだった。

電車がホームに滑り込んで、がくんと速度を落とした。

腰を上げた草は、由紀乃に笑いを含んだ声で忘れ物だと教えられ、座席に置いたままだった菓子折りをあわてて抱えた。口では期待していないふうを装っても、やはりそわそわしてしまう。由紀乃はそんな草を見透かしているのか、ホームに降りて並んで歩き出してもまだくすくすと笑っている。

「なんだか草ちゃんたら、お見合いにでも行くみたい」

「大正生まれの六十四歳にもなるおばあさんに、お見合いはないでしょ。でも、はっきり言って結婚より真剣かもしれないわ」

小さな駅を出ると、先方が依頼している佐藤という解体業者が、草たちを白いバンで迎えに来てくれていた。工務店の社長と前々から知り合いで、この物件の情報をくれた人物だ。初対面だったが、草と同年配の人柄の良さそうな男だった。

佐藤は車を走らせながら詳しい説明をしてくれた。

民家の持ち主は桑原《くわばら》庄一郎という老人だったが他界し、妻子もすでに亡くなっているので、今日は相続権のある桑原の妹ふたりが草の相手をしてくれる約束になっていた。

実はすでに、桑原家の土地はペンションの建設を計画している隣人への売却が決まっていて、先方は七月末までに更地にする条件さえ守れば、解体費を負担するだけで古材をまるごと草に譲ってくれるつもりらしい。またその家は農家といっても、明治から庄一郎の父親の代までは材木商だったそうで、自宅には質のいい木を使っただろうと期待も膨らんだ。

運転している佐藤が、ルームミラー越しに後部座席の草を見た。

「右に今風の新築の家があるでしょ、その奥が桑原さんのお宅ですよ。ほら、あの灰色の瓦屋根です。明治の初めに農家の間取りを住居兼材木屋の事務所に直したそうだから、土台は百年をとうに超えています」

草が窓に顔を近付けると、隣の由紀乃も顔を寄せてきた。

確かにその場所には二階建ての民家があったが、遠目でも瓦や外壁が部分的に剝がれているのがわかり、大分傷んでいるようだった。手入れが悪ければ、古材が虫に食われたり腐ったりしていて、強度が足らなくなっている可能性もある。心配になってきて隣に顔を向けると、由紀乃も黙って視線を合わせてきた。

車内に佐藤の笑い声が響いた。

「外見はお世辞にもきれいとは言えないけど、まあ中身を見てください」

車は畑の中の道へ折れ、目的の民家に横付けされた。

桑原の家は、薄紅色の花をつけた桃とつぼみのしだれ桜がぽつんぽつんと立つ土の庭を南に配して建っていた。草は車を降りた時、小さなため息が漏れてしまった。近付いてみるとますます母屋の老朽化が目立つ。庭の奥の朽ち果てた小屋よりはましだったが、それもなぐさめにはならなかった。

しかし、出迎えてくれた庄一郎の妹、岡安松子の案内で玄関に入った途端、草と由紀乃は目を見張った。六畳ほどの土間の向こうには広い部屋のような廊下が左右に延び、右手にはかつて事務所だった二十畳以上ある板の間の居間があった。

太い梁や柱、床板も、外から入り込む光を柔らかく反射させていて、新築にはない贅沢で落ち着いた空気を作り出していた。他に一階には和室が三間、台所などがあり、今では物置になってしまった二階にも和室が五つあって、千本格子の引戸や雪見障子、欅の板戸などの建具も、部分的に修理すれば充分使えそうだった。北側の庇《ひさし》や柱には傷んだ箇所もあったが、充分いい木材が取れると佐藤は太鼓判を押した。

草は満足して、出された緑茶に口を付けた。黒光りする板の間に向かい合って置かれたソファの一方に佐藤と松子が座り、もう一方に草は由紀乃と腰かけている。松子の妹は約束の時間を過ぎていたが、まだ到着していなかった。

「外観がひどくてご心配だったでしょう。兄は長年ひとり住まいでしたから、修繕する気もなくて」

正直に草と由紀乃がうなずくと、全員に笑いが広がった。

松子は草より年上に見えるが、藤色のセーターが若々しい言動に良く似合っている。長兄の晩年には頻繁に実家に泊まって世話をしていたという彼女は、年齢のわりに健康そうだ。

居間の隅にあった腰の高さほどの二曲屏風を草がほめると、松子は骨董の価値はないと前置きして、ただで譲ってくれると言った。草には至れり尽くせりの物件だった。

「父の庄之介は、末の妹が生まれる直前まで材木商を営んでおりました」

松子が目をやった壁の白黒写真には、当時の従業員だろう大勢の男たちが写っており、背後にはこの家があって、戸口脇に「桑庄《くわしょう》木材」と書かれた看板がかけられていた。

「わたしたち姉妹はそれぞれ結婚して別に家がありますから、ここを処分してしまいますけど、小蔵屋さんに木材が活かされれば、きっと父も喜ぶでしょう」

「ありがとうございます。無事、工務店の詳しい調査が済みましたら、大切に使わせていただきます」

草が言うと背中側の庭に車が入ってきた音がした。腰を浮かせた松子が窓を見て、

「妹が今頃着きましたわ。すみません、お待たせしちゃって」

と、玄関の上がり端《はな》まで出て行った。

松子は土間で靴を脱いだ妹を、富永秀子と紹介した。

秀子は草と同じくらいの年齢だろうが、化粧が濃く、薄紫色の眼鏡をかけていて、随分と派手に映った。彼女は、どうも、と言うとすたすたとソファに近付いて、姉が腰かけていた草の真正面にワイン色のコートを着たまま座り込んだ。

「寒いわね、相変わらずこの家は」

佐藤が軽く咳払いをした。草はおかしな間ができていたことに気付き、あわてて頭を下げた。

「杉浦と申します。このたびはお世話になります」

「それにしても、この古い家を解体して運搬するとなると、経費もばかにならないでしょう？　普通に新築した方が安く上がるんじゃありません？」

水をさす秀子の物言いに、草が答えあぐねていると、部屋の隅から籐製の椅子を引いてきた松子が、慣れた口調で妹の言葉を丸くした。

「あら、そんなに建築費が割高になるものなんですか」

「いえ、うちの場合はそれほどかからずに済みそうです。その程度でこんな立派な木を使って建てられるんですから幸せですよ。普通に店舗を新築するより工期はかかりますけど」

松子の分の緑茶を飲み干した秀子が言った。

「店舗？　お店やってらっしゃるの？」

草の代わりに松子が小蔵屋を建て直す計画について話している間、草は松子の話にうなずきながら、秀子に会うのが初めてでないような妙な心持ちでいた。覚えがある気がするのは、きつい大きな目をした秀子の顔ではなく、刺々《とげとげ》しい口調のほうだった。

記憶の奥底を探りながら秀子の顔をちらちらと盗み見ていると、突然、ご縁があるんだわ、と松子が軽く手を叩いた。

「さっき杉浦さんは、観音さまが見える紅雲町《こううんちょう》にお住まいだとおっしゃいましたわね。実は妹も小学生の頃、紅雲町に二年ほどいたことがあるんです」

あっ、と草は大きな声を上げていた。

「クワバラの秀子ちゃんだ！」

尋常小学校の時に、桑原秀子という同級生がいたのだった。草の言葉を聞くと、すぐに由紀乃と秀子も、自分たちが短い期間同じ小学校に通っていたことを思い出した。

だが、久し振りの同級生との再会にもかかわらず、和気藹々《あいあい》とした雰囲気にはまったくならなかった。秀子はなぜか草を目の敵《かたき》にして、小学校で一緒だった間、嫌がらせの限りを尽くしたからだ。草は秀子を前にするたびに、クワバラ、クワバラ、と心の中で唱えたものだ。

駅まで送ってくれた佐藤のバンを見送りながら、由紀乃が言った。

「草ちゃん、屏風以外に、とんだおまけが付いたわね」

帰りの電車で草と由紀乃は、自然に、古民家より秀子について語り合うことになった。

秀子は小学校五年生の時に転校してきて、卒業を待たずに去った。だから一緒に過ごしたのは、二年に満たないはずだ。当時、彼女は母親が病気療養中なので知り合いの家から学校に通っていると、先生は説明していた。

「だけど、どうして彼女は草ちゃんをあんなに目の敵にしたのかしら」

「わからないわねえ。でも最初の意地悪は、はっきり覚えてる」

秀子の最初の攻撃は、彼女が小蔵屋に味噌を買いに来た時だった。

両親と兄妹の五人暮らしだった草は、たまたま父親とふたりで店番をしていた。当時も、小蔵屋は広い土間に商品が並んでいて、土間からは居間が丸見えになっている。今も上がり端に座っていた父は、ひとつだけ残っていた焼きおにぎりをおやつ代わりに食べようと割ってくれているところだったので、代わりに草が相手をした。

買い物を済ませて店を出た秀子はすぐ戻ってきて、草の父に穴開きの五銭硬貨をのせた手を突き出した。

「おじさん、お釣りが一銭足らない。これじゃ、おばさんに叱られちゃうわ」

「秀子ちゃん、わたしはちゃんとお釣りを渡したよ。どこかに落としたんじゃないの」

「そんなことない。隣の家の前までしか歩いてないもの」

しかし、隣家の前まで歩いてみていた間に、父は秀子に釣り銭の不足分を渡していた。勝ち誇った表情で出て行く秀子のきつい二重《ふたえ》の目を、草は思い切り睨みつけた。秀子が見えなくなると、自分が正しいと父に訴えた。

父は、半分に割った焼きおにぎりを草に持たせて言った。

「誰でも勘違いってことがある。草でも、秀子ちゃんでもな」

微笑んだ父の言い方が自分を信じてくれているように響いたので、草は秀子を許す気持ちになったが、それが嫌がらせの始まりだとは思いもしなかった――。

愉快とは言いがたい再会が過ぎてしまうと、家の処分について姉の松子に任せきりらしい秀子にはもうあまり会うことはないだろうという気が、草はした。

しかし、その考えは甘く、三日後、突然秀子は小蔵屋にやって来た。そして店の土間に入るなり、座卓を囲んで居間でくつろいでいた近所の人たちを前にさらっと言った。

「これじゃ、座るところもないわね」

目が痛くなるようなピンク色のスーツを着た秀子は、周りの反応を気にする様子もなく、棚の台所洗剤やスチールたわしに顔を近付けて鼻に皺を寄せている。逃げるように出て行く客たちを、すみませんね、と草が送り出しつつ横を通ると、秀子は顎を引いて着物姿の草を上から下へと眺め、また鼻に皺を寄せた。顔をそむけて草は口を「へ」の字にした。――クワバラ、クワバラ。

表から草が戻ると、すでに秀子は居間の座卓につき、掃き出し窓越しに外を見ていた。裏庭を眺めたあと、さらに秀子は頭を低くして、散り残っている桜や新芽の淡い色をまとった丘陵の観音像を見上げた。

「観音は化粧直しをしたけれど、小蔵屋は変わらないわね。中途半端に古くて」

「そうなのよ。ただ古いだけで、とてもこの家の木は建て替えに使えない。だから、他の古い民家を探していたの。でも懐かしいでしょ、よく秀子さんもお使いに来たじゃない」

向かい合ううちに、草は秀子の言うことは軽く受け流すしかないと思った。考えてみれば、小学生の頃に一度、そう気付いたはずだった。

「あなた、ひとりなんですってね。気ままでうらやましいわ」

「秀子さんは？」

「子供は四人、孫が十三人。もちろん、夫も元気よ。トミナガ電器の会長をしているの」

「トミナガって、あのトミナガ？」

驚いた草に、秀子は満足そうに口角を引き上げた。トミナガ電器は、県内外に多くの支店を持つ家電量販店だ。草も冷蔵庫や洗濯機をそこで求めた。

「後を継いだ長男夫婦と同居していて、小さい孫が五人もいるから昼も夜もうるさいものよ。だから、外出が息抜き」

家族のない草への自慢なのか、半分は本音なのか。

気持ちを推し量りかねたが、ともかく秀子も年を重ねて昔が懐かしくなって訪ねてきたのだろうと、草は思った。年を感じるたびにできる気持ちの隙間に、昔の思い出がしっくりするのもわからないではない。

「新しい店で売る予定の豆なのよ」

秀子の目の前で、草はミルで丁寧に豆を挽きコーヒーを落とした。

コーヒーの香りが満ちていく居間で、秀子は独特の刺のある口調ながら、昔小学校の校門前にあった文房具屋や、あぜ道に湧き出てきた大量の青蛙の話などをするので、草も懐かしく相槌を打った。

草の自慢のコーヒーをひと口啜《すす》って、秀子は言った。

「三百万円でどうかしら」

「三百万円？」

何のことかわからず、草は金額を鸚鵡《おうむ》返しにしていた。秀子が続けた。

「いい木材だってほめていたじゃない。だったら、それに見合った額を払ってもいいでしょう」

一瞬、草は言葉が出なかった。

解体費と運搬費を合わせても百七十万円程度だったはずが、古材に三百万円も上乗せされては大きく計算が狂ってしまう。草はあきれたり腹が立ったりで奥歯を噛みしめているのに、これでこそクワバラの秀子だと思ったりもした。

赤絵のコーヒーカップで口元を隠した秀子が、ペルシャ猫のような目で獲物の様子を窺っている。

そういう用事だったの、と何とか草は普通の声を出して、にやりと笑ってみせた。

「嫌ならいいのよ。最近は古材を集めている人もいるらしいし、他にも欲しがる人がたくさんいるでしょうから」

柱時計が四つ鳴った。

即答は無理だと答えた草に、薄ら笑いを浮かべてうなずいた秀子は、コーヒーを飲み干し帰っていった。


「ひどい話ね！」

エプロンを握り締めて、由紀乃が小蔵屋に飛び込んできた。

秀子にあまりに腹が立った草が由紀乃へ電話をかけたところ、由紀乃は夕食の支度を中断してやって来たのだった。

「由紀乃さん、ご主人の食事はいいの?」

「いそいそとカップラーメンにお湯を注いでたわ。わたしがいない時しか食べられないものだからうれしいのよ。お草さんにお礼を言っておいてくれ、ですって」

草は笑いながら由紀乃を居間に座らせ、コーヒーが苦手な彼女に緑茶を入れた。滅多に感情を荒らげない由紀乃が怒ってくれたからか、草は苛立った気分が落ち着いてきていた。

「草ちゃん、これはもう他の物件を当たったほうが身のためかもしれないわ」

「クワバラの秀子ちゃんに屈して?」

「だって、こんな条件を呑んだら、また彼女は何を言い出すかわからないわよ」

小学生の頃、秀子の得意な国語で草が珍しく満点を取った時に、隣席の秀子は答案を盗み見されたと先生に嘘をついたことがあった。それを由紀乃は引き合いに出して、彼女はあのまま大人になってしまったのだろうから気を付けるべきだ、と忠告した。

草の脳裏にも、廊下で擦れ違いざまに、仲間と馬鹿にしたような薄ら笑いを浮かべる幼い秀子の顔が浮かんだ。徒競走で足を引っかける、階段の上からごみを落とす、友だちひとりひとりに草がその子の悪口を言っていたと吹き込む――確かに、子供の時でさえ秀子は草に対してあれだけ意地が悪かったのだから、成長した今ならもっと手ひどいこともしかねない。

ただ、現在の秀子には社会的地位もある夫や子供がいるので、あまり非常識な行動はできない気もする。

「あれだけの物件だもの、やっぱり欲しいわ。予定通り、来春には開店まで漕ぎ着けたいし」

「そうねえ。もしかしてあの人、お姉さんに相談なしにここへ来たかもしれないわね」

「ええ。だから、明日にでも松子さんにもう一度会ってみる」

草は裏の土地の一部を売却した金と預金を、新しい商売の資金に充てるつもりだ。店が軌道に乗るまでは運転資金に余裕を持たせる必要もあって、出費はできるだけ抑えたい。話し合いの手間を惜しんでいる場合ではなかった。

明日は用事があって一緒に行けないという由紀乃に、ひとりで大丈夫と草は答えて、気分直しに、仕入れる予定の器の写真を広げて見せた。

今まで草が趣味で旅行してきた窯《かま》のある街は、これから取引先の街に変わっていく。伝統的なものに、若い人が作っている現代的な和の器も加えて、客層を広げるつもりだ。いいコーヒー豆と、少し高めの値段でも生活を楽しくしてくれる和食器を並べ、コーヒーの試飲サービスをして、幅広い年齢層にふらりと寄ってもらえる店にしたいと草は考えていた。

コーヒーの試飲を実現するために、横浜まで行き、大量に良質のコーヒー豆を輸入している会社の社長に相談して、そこの仕入れ値とほとんど変わらない価格で豆を分けてもらう約束を取り付けてある。あの秀子でさえコーヒーには文句ひとつ付けずに飲み干して帰っていったのだから、相当の自信を持っても良さそうだった。

由紀乃を相手に新しい小蔵屋の話を始めると、草は楽しくて止まらなくなり、桑原の家を何としても最初の条件で買いたいと改めて強く思った。

由紀乃を見送って戸締まりし、暗い土間から明かりに照らされた居間を振り返ると、草は転んで手足を擦りむいて帰っても母に相手にされなかった冬の夕方を思い出した。

居間には近所の人が幾人か深刻な顔で座っていて、母は泣いている女の人の背中をさすっていた。幼い草にも普通でないとわかり涙も引っ込んだが、視線の合った母に怪我をした手を土間から見せた。母は小さくうなずいただけで、まるで構ってくれない。しばらく待ってみても放って置かれ、結局草はひとりで家の裏手に回り、母親がいつもしてくれる手順を思い出しながら、切れるように冷たい水で傷を洗って手当てした。草も、兄妹も、わりと手のかからない子供だったが、それは自分で考えて行動するよう、忙しい母に早いうちから仕向けられていたからだろうと、草は懐かしく昔を思った。

片足をぶらつかせて下駄で土間を軽く鳴らすと、優しくて密かにしたたかだった母の笑顔が浮かんだ。

——大丈夫。何とかなるわ。しっかりなさいよ。

そんな母の声が、草を励ました。

連絡を取ってみると、松子は隣家との話し合いや家財の整理があるので、まだ実家に残っていた。草は再び桑原家を訪ねた。

「秀子がそんなことを言ったんですか」

前回通してもらった居間のソファで、松子は眉根を寄せた。ちょっと秀子に、と言うと席を立って電話をかける。

「今ね、桑原の家に杉浦さんがみえているのよ。昨日、秀子が言った条件を確認しにいらしたの。わたしは最初の通り、解体費だけで充分だと思うわ。え？　あら、そうなの——」

電話の様子では、秀子はどうも、草が桑原家の木材が立派だからただでは申し訳ないと言うので、では三百万円でどうかと話してみただけだと、姉に説明しているらしかった。秀子は松子の意見にあっさり従ったようで、すぐに電話は終わった。要するに、草に手間をかけさせるのが秀子の目的だったのだろう。相変わらずの子供じみた嫌がらせに、草はあきれたらいいのか、怒ったらいいのか、わからなくなった。

「最初の条件でお願いします。ごめんなさいね」

「いいえ、安心しました」

「秀子のあの性格にも困ったものです。お恥ずかしい話ですけど、家政婦さんも半年ともたないし、同居していた長男の嫁は子供たちを連れて実家に帰ってしまうし」

小蔵屋を訪れた秀子は、にぎやかな孫たちの話を誇らしげにしていたが、現実はあまりうまくいっていないらしい。

「杉浦さんは小さい頃の秀子をご存知だから、またか、と思われたでしょう？」

草は笑ってごまかした。今さら、小学校時代の意地悪を言い付けても始まらない。

「ああいう性格になったのは、わたしとすぐ上の兄のせいなんです。一番上の兄と同様、去年亡くなりましたけど。でも元をただせば、父がいけなかったのかしらね」

しゅんしゅんとストーブの上のやかんが鳴る中、松子は昔話を始めた。

秀子は大正十五年四月に、六番目の子として生まれた。すぐ上の松子とは十一歳の年の差があり、久し振りの子の誕生に沸き返るはずの家庭も、秀子が生まれる五か月前には父庄之介が知人に騙されて家業が大きく傾き、それどころではなくなっていた。庄之介は事業の立て直しに奔走したが、秀子誕生のひと月前、ついに所有していた山がすべて人手に渡った。失意のどん底に落とされた庄之介の生活は荒れた。

ある夜、酒に酔った庄之介は身重の妻に、こんな時に子供なんかいらない、と暴言を吐いた。松子や他の男兄弟たちは、優しかった父親の変わりように、もうこれまでの桑原家ではないと思い知らされた。

「秀子が生まれたあとは生活がなお苦しくなって。秀子の生まれた朝に、これからうちはどうなるんだろうと思いながら、庭で満開のしだれ桜をぼんやり眺めたのを、今でも時々思い出します。その頃は材木置き場や従業員宿舎のあった土地を売って生活していたんですが、わたしが二十歳《はたち》前、秀子が小学校に上がった頃かしら、新しく始めた養蚕も失敗して。やがて父親は絶対に売りたがらなかった書画や骨董まで全部手放してしまいました」

「残ったのは、あれだけですか。でしたら、いただくわけには」

居間の右隅に置かれていた屏風を見て、草は言った。三尺ほどの高さで、銀か錫《すず》の箔を散らした薄墨色の地に、様々な大きさの書や草花を描いた日本画が張りまぜてある。染みや破れが目立つものの趣があった。

「わたしは小蔵屋さんで使っていただきたいの。あれは知人の表具屋さんが父の七回忌に作ってくれたものなんです。骨董好きだった人の供養に何もなくては寂しいからと、茶箱に残っていた父の短歌やあまり価値のない掛け軸を利用してね。この前、杉浦さんがほめてくださったでしょ。あの時、見る目がある人にはわかるんだなんて、父が向こうでいばっているのじゃないかと思いました。自分の短歌や骨董をお披露目するのが大好きな人でしたから」

屏風は梱包して送ってくれると松子が言う。草は、この屏風の修理を二十年来の知り合いである表具屋の岩下に頼もうかと考えていた。早めに岩下に渡せれば、他の仕事の合間に直してもらえそうなので、松子の申し出に甘えることにした。

「それにしても大変でしたね」

「あんまり貧しかった時代の話をしたら、いけないかしら」

「いいえ。どんな家でも、いい時もあれば悪い時もありますから」

松子は気を取り直したように息を吐いて、続けた。

「秀子が生まれるまでは、当時の田舎にしては贅沢をしていました。わたしより上の兄弟はもちろん、父母も裕福に育ったものですから、全員が貧乏に負けそうでした。いい思い出のない頃でね、特に秀子にとって決定的だったのは、八歳の誕生日です」

「八歳の誕生日？」

「ええ。秀子が八つの誕生日に、どうして自分だけ何も買ってもらえないのかと父に食ってかかって、殴られたんです。あの時も、父は酔っていましたからね。秀子は殴られた勢いで土間に落ちて、顔にあざができました」

桑原家では庄之介自身が服や玩具などを、子供にそれぞれ合わせて買ってやるのが習わしだったが、末の秀子には何もなかった。貧しくなっても子供の物は売らずに残っていたから、秀子は上の兄弟たちとの差を知ってしまい、その不満を父親にぶつけたのだった。

「悪いことに同じ夜、わたしとすぐ上の兄が、秀子を身籠っていた母に『子供なんかいらない』と父が怒鳴った時の話をしていたのを、秀子が立ち聞きしてしまったんです。泣き疲れて眠っていたはずなのに、起き出していて」

「まあ……」

「元々、秀子は気の強い子でしたけど、あれから、もっときつい性格になってしまって。父にとっては必要のない子供なんだと思って、ひねくれたんでしょう」

「お父さんは気持ちに余裕が持てなかったのでしょうけど……」

草は三つで亡くした息子の良一を思い出していた。毎朝河原で、小さな祠とそこから見える丘陵の観音に手を合わせ、三つ辻にある地蔵にも参るのが草の日課だ。地蔵の丸顔にいつも良一の寝顔を重ね合わせている。草は離婚時に息子を引き取れなかった。その後、良一は用水路に落ちて死亡したので、今でも子供を置いてきたことを後悔していた。我が子を思いながらもままならない時もあると、草は身に沁みていた。

「やがて父も心労と不摂生がたたって亡くなり、秀子以外の兄弟はみな働きに出て、まだ子供だった秀子とあまり丈夫でなかった母を養いました。もう大昔の話です」

壁にかけられた白黒の集合写真の中にいる父親を、松子が教えてくれた。撮影当時、四十前だったという庄之介はまだ若く、三つ揃いの背広に中折れ帽子を被り、最前列中央で椅子に腰かけていた。しっかりと見開いた大きな目が、秀子にそっくりだった。

早朝、いつも通り草は日課に出かけた。曇り空であたたかい。

広い河原で、川のせせらぎと向こう岸の国道を行く車の音を聞く。後ろにはさっき手を合わせた祠と丘陵の観音像があり、大空の向こうには白く霞んだ山並みが横たわっている。

松子をひとりで訪ねて以来、秀子と彼女の父親のことが時々草の心に浮かんだ。

あの性格をすべて親のせいにはできないが、それでもやはり秀子は八つの誕生日に深い傷を受けたはずだ。釣り銭が足らないと言った秀子の最初の意地悪は、草が父親とひとつの焼きおにぎりを分け合って食べようとしていた時だった。今になって考えてみれば、目の当たりにした親子の仲の良さに秀子は嫉妬したのかもしれない。知人宅にひとりで預けられていたのだから、家族に囲まれて幸せそうな同級生が憎らしくもなっただろう。

小さかった秀子の勝ち気な表情を思い出して、あれが寂しさの裏返しだったのかと思うと、草は少し胸が痛んだ。

しかし、ちくりと胸の内を刺す過去があるから、他人の気持ちがわかるようになるのだ。それができない秀子は、年を重ねても、どこか子供のままなのかもしれない。

工務店による事前の家屋調査も済み、特に大きな問題はなかったので、午後には桑原家にて最終的な打ち合わせをする段取りになっていた。今日は初回の出席者に、工務店の社長と、桑原家から土地の売買を任されている不動産屋が加わる予定だ。

草は三つ辻の地蔵に向かうために土手を上がりながら、秀子の猫のような目を思い浮かべ、小声でつぶやいた。――クワバラ、クワバラ。

古民家の購入が決まって転がり出した計画は、季節が進むにつれてますます草を忙しくさせた。年が明けて二月末には、小蔵屋の新店舗は最後の工程になる左官が入った。草は仮住まいのアパートから、ほぼ毎日現場に足を運ぶ。角を曲がると現れる店に、毎度、夢が現実になっていく実感を味わった。六十半ばで新しい店を始めてやっていけるのかねえ、などという近所の人たちの立ち話を耳にもしたが、草は着々と予定表の事柄をこなしている。

太い梁をそのまま見せた天井高のある平屋は、表側が店舗、裏側が事務所と倉庫、草の住居になる。古材がまったく間取りの違う新しい建物になってしまうと、古民家の解体だけで二週間、建築に二倍の手間をかけた一年がかりの作業が、あっという間だったように感じられる。解体が済むまで桑原家へ幾度か足を運んだことも、大分昔のことに思えてくるから不思議だった。

小気味よく左官屋が仕上げていく漆喰壁を眺めながら、草は松子と並んで入道雲を見上げた夏の日を思い出した。

まぶしい空から目を離した松子は、もうほとんど骨組みだけになった桑原の家を見てつぶやいた。

「家って不思議なものですね。処分すると決めた時は、ほっとした気がしたのに……」

「名残惜しい？」

「名残惜しいのとも、寂しいのとも違うかしら。桑原家が……いえ、桑原の父がこの世から消える、としみじみ感じるの。父はとうに亡くなっているのに、おかしな話ですけど」

虫の羽音が通り過ぎるのを待って、草は言った。

「先日、今までの店を取り壊しましてね。もうもうと埃を上げて取り壊されていく店を見ていると、まだ若くて働き盛りの頃の父と母ばかりが目に浮かんで。若い時分から一緒に店をやってきたのに、つくづく雑貨の小蔵屋は両親のものだったなあと思いました」

「そういうものでしょうね。わたしたちも、いつかこうやって消えていくんでしょう」

記憶にはもちろん、父母を真似た自分の行動の中にも、両親は残っている。だが、それもやがて草自身が消える時には消滅する。

「ええ、きっと跡形もなく。だから、せいぜい生きているうちは色々やってみようかと」

ふふっと、松子が可笑しそうに笑うので、草もつられて笑い出すと、木陰で休む作業員たちがこちらを不思議そうに見ていた——。

北風が強い午後、草は小蔵屋のロゴタイプや包装紙、紙袋などを頼んでいたデザイン事務所に足を運んで見本を確認し、帰りに岩下がやっている表具屋に向かった。デザイン事務所のある通りから少し駅寄りに行ったところだ。去年の夏から屏風を預けてあり、やっと修理に取りかかれると岩下から電話がきたので、草は彼の好きな鯛焼きを買って訪ねた。

岩下は白髪混じりの短髪を掻きながら、奥にある板の間の作業場に通してくれた。作業台の上には草の屏風の表面が剝がされて置いてあり、壁に立てかけられていた格子状の枠は、所々剝がれて垂れ下がっている下地の紙をさらしていた。

「屏風の骨には光を遮断したり強度を上げたりするために、幾枚も紙を重ねて下張りするもんなんだ。この屏風は枠は丈夫だけど、思った以上に下張りが薄い。だからすぐ破けちまう。きちんと張り直すよ」

修理方法や納期について相談し終えると、俳句が趣味の岩下が屏風の短歌をほめた。

「これは譲ってくれた方のお父さんが詠まれたの。七回忌に、亡くなったお父さんの残した短歌や掛け軸を使って、知り合いの表具屋さんが作ってくれた屏風らしいわ」

ふーん、と妙に感心した声を出して、岩下は屏風の枠の方へ歩いていって手招きした。

下張りの和紙は文字が透けていて、一度使ったものを裏返して張ってあるとわかる。

「元の持ち主は材木屋だったろう」

草がうなずくと岩下は得意気に、部分的に剝がれて表側が出ている下地の紙をつまんだ。

「やっぱりな。ここんとこは古い大福帳だよ。それに手紙なんかもある。この屏風はいつ頃作ったんだろうね」

「半世紀くらい前かな。たぶん、わたしたちが十五、六歳の、太平洋戦争が始まる頃じゃないかしら」

「なら、こういう紙を使ったのは紙を大事にしたっていうより、供養の意味なんだろうな」

手紙は裏返しに張られている上に達筆過ぎて読みにくかったが、宛名の庄之介という文字は草にもはっきりわかった。秀子の父親の名だ。

ざっと下張りの紙を見終えようとした時、草は驚いて声を上げた。

「やだな、お草さん。脅かすなよ」

目を丸くした岩下が、胸に手を当てていた。

「ねえ、悪いけど、この剝がれかかった左下のところだけ上手に取ってもらえないかしら」

「いいけど、下張りの紙をどうすんのさ」

草は腰を伸ばして、紬の着物に締めた扇面模様の帯を叩いた。

「これを持って行くのよ、鬼退治に」

なんだいそりゃ、と岩下は首をひねった。


表具屋に行った翌日の午前、草は秀子の自宅を訪ねた。

松子から聞いたトミナガ電器の会長宅は、隣の市にある本社近くの閑静な住宅街にあった。四角い大きな家の外観は赤レンガに似た外壁で、その上部がコンクリートの高い塀の上に顔を出していた。

松子から、秀子は終日在宅の予定だと聞いていたので、草は前もって連絡もせずに訪問した。

黒い大理石の床、花柄の壁紙、シャンデリアなどに埋めつくされた、装飾過多の玄関から応接室へ、草は家政婦に案内された。よそ行きの小紋でもしっくりしない空間だ。

広い屋敷はしんと静まり返っていた。

同居していた長男の嫁は秀子と反りが合わず、子供たちを連れて実家へ帰ってしまっているど去年松子から聞いたが、未だにその状態は続いているらしい。さっき案内してくれた家政婦は一体何人目で、いつまで秀子に我慢できるのだろう。

出されたお茶が冷めた頃、ようやく廊下に足音が近付いてきた。草は両手で頰を揉んだ。

ドアが開き、ラメ入りのニットジャケットを羽織った秀子が現れた。

「なあに、突然」

自分だって突然小蔵屋にやって来たじゃないの、と草は思ったが、ソファに座った秀子へ何食わぬ顔で返事をした。

「今日は秀子さんに渡したいものがあって来たの」

ハンドバッグから平たい風呂敷包みを取り出した草は、それをテーブルに置いた。

秀子は体を引き、怪訝《けげん》そうな顔だ。草は包みを広げ、岩下に剝がしてもらった屛風の下張りの紙を出し、秀子の前に置いた。紙は半紙二枚を横につなげたくらいの大きさで、草はそれを巻紙の書状風に巻いてきた。

「何よ、この黄ばんだ紙は。汚いわね」

「これはいただいた屛風の……」

草が説明をし出したところで、壁際のキャビネットの上に置かれている電話が鳴った。

秀子は面倒臭そうに立ち上がって受話器を取り、草に背を向けた。誰の耳に合わせてあるのか電話の音量は大きく、若奥様から午後荷物を取りに戻りたいとまたお電話が入っておりまして、という家政婦の声が漏れ聞こえた。

「電話を取り次ぐ必要はないのよ。エミさんには今までと同じように伝えて」

冷たく秀子は答えた。

嫁はエミというらしい。家政婦は、昨日から何度もご連絡があったものですから、と声を高くしていたが、秀子はさっさと受話器を置いてしまった。

姑の留守に来るとか家政婦に宅配を頼むとかすればいいのに、と思いながら、草は一層不機嫌になった秀子がソファに戻るのを待った。何度電話をしてきても、秀子が笑顔でいらっしゃいと言うわけもない。それは他人より嫁のほうがわかっていそうなものだ。ひょっとして、長い間仲違いしている嫁は、この姑と折り合いをつけるきっかけを作ろうとしているのだろうか。

「で、この薄汚い紙が何ですって?」

ゆっくり呼吸をしてから、草はもう一度説明を始めた。

「これはいただいた屏風の内側に張ってあったものなの。修理に出してわかったんだけど、屏風の枠には、古い大福帳とか、手紙とか、一度使われた紙がいろいろ張ってあってね。秀子さんのお父さんに関係したものばかりだった」

「興味ないわ。わたしは関係ないし」

「あのね、大ありだから、わざわざ持って来たんじゃないの。とにかくご覧なさいよ」

秀子が紙に触ろうともしないので、草は痺れを切らして、それをテーブルの上に半分ほど広げてやった。

「最後のほうに、秀子さんの名前もあるわ」

草が言うと、初めて秀子は興味を示し、眼鏡を外して頭にのせ少し顔を近付けた。そして、秀子は最後まで紙を広げた。

古い和紙には、筆字でこう記してある。

銀製スプーン
置時計
ピアノ
かんざし
櫛　らでん、蒔絵
祝い着　宮参、七五三
ひな人形・七段飾り
子供用ベッド
がらがら

押絵羽子板
オルゴール
絵本
市松人形

これを秀子に用意する

父庄之介

大正十五年四月六日

テーブルに手をついていた秀子は、顔を伏せたまま動かなくなった。

「秀子さんが生まれた時はしだれ桜が満開だったって、お姉さんから伺ったわ。だから、あなたが生まれる直前にお父さんが書かれたものね。屏風には張られてはいなかったけれど、男の子だった場合も考えて別に書いたものもあったんでしょう」

それきり草はしばらく黙った。

筆字は書き出しは丁寧なのに、あとへいくほど乱れていた。これが記された時、すでに桑原家では山がすべて人手に渡り、家計は傾いていた。生まれてくる子のために買い揃えるものを書き綴ってみたものの、詮無《せんな》いこととしまい込んだ庄之介の姿が、草には見えるようだった。文字の乱れは酔っていたからだけではなく、揺れていた感情のあらわれに思えた。

「……見栄っ張りね」

秀子が小声で言った途端、テーブルの上の紙がぽとぽとと鳴った。和紙が点々と濡れていた。うつむいたまま秀子は右手で顔を押さえていた。

どのくらい無言でいたか、秀子が草の貸したハンカチで洟《はな》を大きくかむと、頭にのせていた眼鏡をかけて言った。

「おせっかい。どうせ、姉から色々聞き出したんでしょ」

鬼退治に来たのだからつられて泣くものか、と草が目を瞬《しばたた》かせていると、秀子は丁寧に和紙を畳んで、見間違いかと思うほどわずかに草へ頭を下げた。


五月一日、新しい小蔵屋は開店の日を何とか無事に終えた。

草の門出を祝うような晴天で、地元情報誌の広告や町内のチラシ配布が功を奏して予想以上の客が集まり、午後一時から五時までのパートの女性だけでは手が足らなくなって、急遽、由紀乃に応援を頼んだのだった。

由紀乃がコーヒーの試飲に出した器をテーブルからさげてきて、腰を伸ばして唸った。

「由紀乃さん、ありがとう。本当に助かったわ。もう上がってちょうだい」

「草ちゃんと違ってわたしは足腰が弱いだけ。たまにはいい運動よ」

「やってみて初めてわかることばっかりで参っちゃうわ」

紬の上に着けた割烹着の紐を締め直し、草も腰を伸ばした。

数日前のプレオープンに、知人や近隣の住民、工務店の社長、松子などの関係者を招いて概ね好評だったものの、値札が間違っていたり、商品を並べ過ぎて通路を狭くしたために客が器を割ってしまったり、実際店を始めてみると次々問題が起きてくる。それに売れ行きはコーヒー豆が好調でも和食器は今ひとつで、その点も課題が残った。夢が実現したのは良かったが、これからは厳しい現実が続くのだと草は思い知らされた。

由紀乃は流しのそばに置いてあった緑茶を飲み干すと、笑顔で言った。

「できたら、もう少し人を雇ったほうがいいと思うわ。お客さん、減らない気がするし」

「そう？」

さりげなく由紀乃が励ましてくれるので、草はちょっと元気が出た。

「そうよ。だって、コーヒーを飲みにきて、この気持ちのいい古民家風の空間に座っているだけでも落ち着くじゃないの。別の人が決まるまでは、わたしが手伝ってあげるから」

「助かる。じゃあ、重役出勤でお願い」

笑いながらエプロンを外した由紀乃は、帰りしなにカウンターの隅に飾られている鉢植えの胡蝶蘭を見やった。夕方、花屋が届けにきたものだ。

「ずいぶん立派な胡蝶蘭ね。秀子さんたらプレオープンにも来なかったのに、どういう風の吹き回しかしら」

草は由紀乃に秀子の家を訪ねた日のことを話してあったので、冗談混じりに返事をした。

「さあ。ご機嫌を損ねては大変だから、すぐにお礼の電話をするわ」

由紀乃が帰ると、草は秀子の自宅に電話を入れた。家政婦は時間で帰ったのか、それともまた辞めてしまったのか、秀子本人が電話を取った。

「今日は立派な胡蝶蘭をありがとうございました」

「どう？　お客さん、入ってるの？」

喧嘩腰のような秀子の声が返ってきたが、どこか穏やかな気配もあった。刺を全部抜いたら自分でなくなってしまうからと、彼女はその先だけを丸めてみたのかもしれない。

「おかげさまで、大勢」

「あら、そう。良かったじゃないの。まあ、最初は物珍しさで——」

電話の向こうに、複数の子供のはしゃぎ声と若い女性の奇声が入り乱れ、次いで大きな物音が響いた。草が驚いて受話器を耳から離すと、今度は秀子の大声がした。

「これ、おまえたち！　何やってるの、エミさ――」

唐突に、電話は切れた。思わず草は声を出して笑った。どっちがどう折れたのか、とにかく長男の嫁は富永家に戻ってきたらしかった。

3

昼時になって、草はやっと小蔵屋新築の顚末を話し終えた。仕事の合間を縫ってカウンター内に入っては話を聞いた久実は、食後のコーヒーを立ったまま飲んでいる。

「クワバラさん、今度はなんでしょうね」

久実がマグカップ越しに、にやりと笑う。

トミナガ電器の会長夫人が、たかが小蔵屋の請求額を払えないわけがない。不気味だ。うがった見方かもしれないが、こちらから連絡させるために秀子が仕組んだ罠とも、草には思えた。

「いいわ。わたしが秀子さんに連絡してみる。でも、その前に」

「由紀乃さんへ報告」

うなずいた草は、久実と噴き出した。自宅にこもりがちの由紀乃に、いい差し入れができた気がするのは否めない。

閉店後、草は夕食になりそうなものを台所で見繕うと、由紀乃を訪ねた。

「草ちゃん、いらっしゃい。待ってたわ」

由紀乃はソファに座り、にこにこして待っていた。左半身がよく動かないので大変だったろうが、あらかじめ連絡をしておいたから、テーブルには簾のランチョンマットや食器がセットしてあった。草が持ってきた貝柱のご飯、牛肉とごぼうの煮物、茗荷の甘酢漬けに、由紀乃の家にあった果物を並べると、あり合わせとは思えない立派な夕食になった。向かい合った草と由紀乃は、話も食も進んだ。

「あの頃はわたしも、小蔵屋のお手伝いができたのねえ」

脳梗塞で不自由になった半身を、由紀乃はしかたないといった表情で見下ろした。だが、笑みは消えていない。

「ねえ。ここから電話してみる？」

由紀乃がいたずらを企むような、楽しげな顔を向けてきた。彼女の隣に草は移り、さっと懐から例の伝票を取り出した。

「もちろん、そのつもりよ」

「なんだか妙ね。わくわくするわ。あの秀子さんがまた現れるのかと思うと」

子供に戻った気分で、草は秀子へ電話した。だが、間もなくその気分はしぼんだ。秀子は不在で、草の名を聞いた電話の女性がエミと名乗り、秀子の所在を知らないかと訊いてきたからだ。一緒に受話器に耳を付けていた由紀乃は体を離し、眉根を寄せて草を見た。

先方から出た話だ。少し詳しく事情を訊いてみるつもりで、草はエミに話しかけた。

「秀子さんとは今の小蔵屋を開店して以来、一度もお会いしてないのよ。一体、いつから秀子さんはいないの」

再び、由紀乃は受話器に耳を寄せてくる。

「もうひと月になります。草さんのお話は、亡くなりましたが義母《はは》の姉の松子や、義母自身からも時々。屏風から剝がしてくださったものは、今も額に入れて義母の部屋に飾ってあるんです。今、それを思い出したものですから、もしかしたら草さんを訪ねたかもしれないと思って」

寂しい話だが、松子はすでに亡くなっていた。

「警察には」

「それが、元気なのはわかっているんです。観劇で一緒になったとか、新幹線で乗り合わせたとか、方々から聞かされるのですけど、自宅にはまったく帰ってきません。思い当たる親戚やホテル、旅館にもおりませんし、携帯電話はつながりますが義母が取りませんし」

「要するに、秀子さんは家出をしたのね」

胸をなで下ろした草の隣で、由紀乃がほっと息をつく。

事の発端は、快気祝いの送り主の宮内だった。富永会長が亡くなって未亡人となった秀子は句会に入り、宮内と知り合った。宮内も妻を亡くし、ひとり暮らしをする寂しい身の上だった。宮内が骨折して入院した頃から、ふたりは付き合いを深め、秀子が本人の代わりに快気祝いを手配するまでの仲になった。密かに始まった秀子と宮内の関係は、小蔵屋から送られた請求書によって富永家の長男夫婦の知るところとなり、秀子は長男ともめにもめ、家を出たのだった。

「まあ。うちの請求書でとんでもないことになっていたのね。宮内さんに連絡は？」

「それが宮内さんのところにも行っていない――」

無理矢理、エミが電話を奪われる気配がした。あなた、と彼女の怒った声がする。

「申し訳ないのですが」

落ち着いた太い男の声がした。秀子の長男だ。

「小蔵屋さんからの請求書はうちにありますが、支払いはいたしません。支払えば、宮内さんと母の関係を認めたことになる。断じて、そんなみっともない真似はできません」

富永家のもめ事の皺寄せを、小蔵屋に押しつけられても困るが、秀子の長男の冷静な声に滲み出る怒りは並大抵ではなさそうだ。

「それじゃ、うちの店はどうしたらいいんでしょ」

「元々、宮内さんの快気祝いなんです。あちらに請求していただきたい。失礼します」

ガチャリと勢いよく電話は切れた。富永家は、静かに受話器を置かないしきたりでもあるのか。草は電話を由紀乃に突き出して、肩をすぼめた。

「まいったわ。秀子さんが自分のお財布から払ってくれれば、それで済む話なんだけど」

「忘れているんじゃないかしら。なにせ、彼女ですもの」

「忘れるというより、小蔵屋だからいいか、ってところでしょ」

あきれ顔の由紀乃に断ってから、すかさず草は宮内にも連絡してみたが、留守番電話だった。しかたなく、快気祝いの支払いについて相談したい旨と、小蔵屋の電話番号を録音する。

「さて。宮内さんのところにもいないとなると、彼女はどこにいるのかしら」

「彼女、まるでネズミ花火だわ。いる場所、いる場所に火花を散らして」

河原で上げているのか、小さな花火の乾いた音が続く。

しばらく黙って、草は由紀乃と緑茶を啜った。

「聞こえたわ。秀子さん、お父さんの書き残したものを部屋に飾っているのね」

「ええ。桑原さんのおうちが懐かしいわ。古くて大きくて」

「桃の木と、しだれ桜があった」

冷蔵庫が小さく唸る。草は土色の深鉢をどかし、空いた場所へ、まだ果物が残っていた真白い皿を引き寄せて置いた。

和食器があった場所に、洋食器。

そうだ、古い民家のあとには――。

ぱっと閃《ひらめ》いた。同時に、由紀乃がメロンに伸ばしかけた手を止めて、きょろりと草を見た。

「ねえ、草ちゃん。ひょっとして」

ふたりで同じことを考えたらしい。草はうなずいた。

「かもしれないわ。調べてみる」


次の晩、草はかつて桑原家のあった場所に建つペンションへ出向いた。

木を活かした建物は、落ち着いた雰囲気だ。外灯に浮かぶ前庭にはハーブが茂り、手を入れ過ぎていない緑が心地好く映る。

電話で尋ね人の滞在を教えてくれた従業員が、玄関から食堂へそっと案内した。秀子は外のテラスでテーブルにひとりで座り、ワインを飲んでいた。赤いワンピースの背中が、心なしか記憶より小さく見えた。

車で連れてきてくれた久実は、中で待つと言って、屋内に留まった。

草は静かにテラスに出て、秀子の隣の椅子に腰掛けた。薄い色付きの眼鏡の奥から、ちろりと視線を送ってきた秀子は、草がやって来たことに驚きはしなかった。

「やあね。こんなとこまで集金にきたの」

「零細は大変なのよ」

草が差し出した領収書分の金額を、秀子は傍らのハンドバッグから財布を取り出して支払った。

「息子は嫁に、ほっとけと言ったでしょ。宮内さんもここまで来る気はなさそうね」

その通りだった。

ペンションに秀子がいるとわかると、すぐに草は富永家に知らせた。エミは一旦、草と一緒に行って連れ戻してくると言ったが、秀子の長男が許さなかった。留守番電話を聞いて小蔵屋に連絡してきた宮内にも草は同様に知らせた。しかし、彼はここへ来なかった。

――快気祝いは、自分でするつもりだったんですが、どうも秀子さんは強引で。はっきり言いますが、もうあの人に会う気はありません。周りに嫌な思いをさせるのは、疲れますしね。わたしは、もっと穏やかで、節度ある間柄でいたかった。

それが宮内の答えだった。実直そうな話し方の男だった。句を詠む男に、秀子は父親の面影でも見たのだろうか。

薄く苦笑いした秀子はワインをつぎ足した。

「いい気味だと思ってるんでしょ」

草は盆の窪のお団子から櫛を抜き、白髪を梳かす。

「あいにく人の恋愛を笑うほど、枯れてないの」

事実、草には密かに想う人が今もいる。

秀子は、へぇ、と言って一瞬驚いた素振りを見せてから、ワインを一口飲んだ。

「相手が目の前からいなくなると、自分の本当の気持ちがわかるものよね」

「どう思われてるか、それが知りたくて家出？」

秀子は答えずに、遠くに点々と散る明かりに目をやった。

「住宅や店が増えた」

「山の上に、別荘や大きな公園もできたそうじゃない。紅葉や芝桜の時期は、にぎやからしいわ」

山から、木々のにおいを含んだ涼しい夜風が吹いてくる。

「変わらないの、これだけね」

そうつぶやいた秀子は、すうっと風を吸い込んで目を閉じた。

自宅まで送るつもりだったが、再び彼女が目を開けるまで、草は黙った。

0と1の間

1

パソコン画面の時計は、午後八時を過ぎた。

晩秋の風が小窓をカタカタと揺らす。紅雲町《こううんちょう》に吹く風も、日増しに冷たさを増している。

静まりかえった小蔵屋《こくらや》で、杉浦草《そう》は紬を着た痩身を伸ばし、あくびした。スタンド式のカレンダーを半分めくり、涙目で眺める。

「あと一枚か」

来週には師走に入り、今年もあっという間に終わってしまう。

草は、春からパソコンの家庭教師をしてくれている白石慶太を待っていた。閉店してからパソコンに新規の顧客データを入力していたが、昼間の疲れも重なり、つい眠気が差してくる。

パソコンの家庭教師を雇うのは二度目だ。最初は、数年前だった。顧客管理や経理だけでなく、全国に散っている仕入先とのやりとりに役立つ日も来るだろうと、パソコンを一から習う決心をした。しかし、四十の手習いどころか、もっと老いてからの挑戦は予想以上に大変で、ダブルクリックにひと月以上悩まされ、文字入力でキーを見失ってはイライラしたものだ。それでも慣れれば欲が出る。今回はホームページの開設が目標だ。

白石は国立大学理工学部の学生で、月木の週二回、きっかり午後七時半から一時間、パソコンの操作方法を教えてくれている。教え方は丁寧で無駄がなく、幾度草がつまずいても嫌な顔ひとつしない。コーヒーも飲まず、世間話もなしだ。五月からこれまで白石が自分の都合で予定を変更したことも、ましてや無断で休んだこともない。草がパソコン相手に混乱した時、彼がよく口にする「パソコンは電気のオンとオフ、0と1の組み合わせだから、明快で合理的なんですよ」という言葉は、草にしてみれば、ある面、白石そのものを表しているように思えた。

その白石が約束の時間を過ぎても現れないのは、普通ではない。普通ではないが、草には心当たりがあった。高い鼻のせいで痩せた鳥のように見える白石の横顔を思い浮かべつつ、草は受話器を上げ、彼の携帯電話の番号を押した。

カウンターの壁際に飾ってあるクリスマスベゴニアの小さな鉢植えが、もうひとつの気がかりを草に思い出させた。同年配で、近所に住む宇島《うしま》善三のことだ。

「あっちも、こっちも、どうしちゃったのか」

草の耳元で、長い呼び出し音が続く。気長に構え過ぎていたのかもしれない。そう思うと、足元からぞわぞわと嫌な予感が這い上がってきた。

2

十一月の第二月曜日は、近くにある高校が文化祭の振替休日だったために、夕方コーヒーの試飲に訪れる生徒はほとんどいなかった。

「ありがとうございました」

草は「とう」の部分をぴょんと跳ねさせる独特の調子で、結婚祝いに染付の大皿を求めていったOL風の女性客ふたりを送り出し、引戸を閉めた。コーヒーの香りに満ちている小蔵屋には宇島だけが残り、頬杖をついて高い天井に剝き出しの梁を眺めている。色黒のがっしりした彼の体がカウンター席の中央に納まってから、もう四時間以上過ぎた。

時計は閉店時間の午後七時を回った。草は宇島に遠慮せず、会計カウンターで熱っぽい顔をしている久実に帰宅を促した。

「久実ちゃん、ポトフがたくさんあるから、持っていくといいわ。今夜ひとりじゃ、ご飯も大変だから」

「すっごく、助かります」

久実は赤らんだ顔を両手でこすった。彼女が風邪をひくのは珍しいが、こんな時に限って、大勢いる家族は全員出かけていた。

「できれば朝食の分もお願いします」

「はい、はい。ちょっと待っててね」

外見同様、飾らない久実の物言いに、草は気持ちよく裏手との境にある千本格子の引戸に手をかけた。店の裏は、事務所と倉庫、草の住居になっている。

「ポトフはいいね。栄養をとってゆっくり眠りなさい。朝になっても熱が下がらないようなら、病院へ行くんだよ」

低く太い声で、宇島が言った。草が肩越しに振り返ると、宇島はカウンターに左肘をついたまま久実に体ごと向いて、ゆったりと微笑んでいた。先月まで千葉で開業医をしていたという宇島の診察室での姿を、草は見た気がした。

「宇島さんもポトフいかがですか」

閉店時間が過ぎたことを強調する意味で、草は愛想めいた台詞《せりふ》を言った。これからパソコンの授業があり、できのよくない生徒振りを人に見られるのも恥ずかしいので客には帰ってほしかったのだ。宇島は娘の家に越してきて、娘夫婦とふたりの孫に囲まれて暮らしている。娘が夕食を作って待っているはずだ。

「そうだなあ、いただこうか」

意外な返事に、草は心とは裏腹に微笑んで裏へ入った。

草は毎朝、河原の祠とそこから仰ぐ丘陵の観音、三つ辻の地蔵に手を合わせる。一週間前の朝、その日課を済ませた帰りに布施家の前でそこの主婦の圭子に会い、

「明日、七十になる父が千葉から越して来て一緒に住むことになりました。よろしくお願いします」

と、頭を下げられた。圭子の父が宇島善三だ。宇島は十月の台風による崖崩れで、小さな漁港近くにあった自宅兼診療所を失い、東京の息子夫婦のマンションに身を寄せていたものの手狭なため、上越新幹線で一時間ほどのこの街に移ってくるという。

草は時々店に来てくれる彼女と、挨拶を交わす程度の仲でしかなかった。彼女の名も、家の中から夫が呼んだのを聞いて知ったくらいだ。だからかえって、高齢の父親が見知らぬ土地に馴染めるだろうかと心配する娘の気持ちが感じられた。

草は快く返事をした。

「こちらこそ。ぜひ、コーヒーを飲みに出かけてくださいって、お父さんに伝えてくださいね。千葉はご実家だったんでしょう。大変でしたねえ」

「ええ。でも、父は毎日漁師さんたちとお酒ばっかり飲んでいましたから、ここで暮らせば長生きできると思います」

圭子は父親と暮らせると喜んでいるようだった。

宇島は引っ越してきた日に圭子と小蔵屋を訪れ、古民家風の店舗を誉め、草の入れたコーヒーがうまいと唸った。漁師町の開業医らしく、気さくで話の面白い人物だったので、草はこの分なら圭子の心配も杞憂だろうと思ったものだ。

あれから毎日、宇島は小蔵屋にやって来た。しかも、土曜日は午前と午後の二回、日曜日は昼過ぎから夕方まで、そして今日は午後三時頃から閉店後までだ。

コーヒー豆と和食器の専門店、小蔵屋ではいつでもコーヒーの試飲ができるので、多くの人がふらりと立ち寄ってくれる。時間帯によっては満席になってしまうこともしばしばだ。草は客と適度な距離を置き、話しかけられた時だけ応えると心がけている。おかげで長居の客はなく、気軽に店へ入りやすい雰囲気につながっているようだ。

だから正直なところ、カウンター席に主のように居座る宇島には、草も閉口気味だった。ゴルフをすると聞いたので、平日なら三千円で回り放題の河川敷のゴルフ場を紹介したり、二週間にわたって多くの映画が上映される映画祭を教えたりしたが、効果はなかった。

宇島が長尻になるにしたがって、草との会話は減った。草が話しかけないからというより、宇島の口数が少なくなってきたからだった。

　奥から草がポトフを入れたタッパーウェアと白磁の碗を盆にのせて戻ってくると、千本格子の向こうで、久実がジャケットを脱いだ白石に話しかけていた。

「だって白石くん、今お腹を鳴らしてたじゃないの。最近、大分痩せちゃったし。お草さんに、たまには素直にごちそうになったらいいのに。ホント、かわいくないなあ」

　久実に構わず白石は腕時計を見て、眼鏡をかけ直す。

「あっ、あと五分だ」

　頬杖をついていた宇島が、白石のいる斜め後ろに体をひねった。

「白石くんは、君か。パソコンを教えるのがうまいそうだね」

　白石は宇島に視線を移したが、くすりともしない。

　まったく嚙み合わない三人を眺めて、草は力が抜けた。

　久実はうれしそうにポトフを抱えて帰り、久実に会釈した白石は口を休めずにパソコンの前で操作方法を教え続けている。草は白石の隣でメモを取りながら説明を必死に聞こうとするが、向かいで宇島がスープを啜っている音と、空腹を告げる白石の腹の音が気になって、集中できないまま時間が過ぎていった。

　定休日の小蔵屋を出た白石はひんやりとした夜を歩き、前の駐車場に置いてある小型のバイクへ向かう。草は戸締まりをしながら、白石の棒切れのような後ろ姿にガラス戸の格子が重なっているのを見て、いつか映画で見た十字架を背負うキリストを思い出した。

前回の家庭教師の日、風邪をひいた久実が白石に痩せたと指摘していたが、あれから三日の間に白石はまた一段とやつれてしまった。教える時の丁寧な口調は相変わらずでも、声に力がなかった。

今夜、操作説明をしていた白石に向かって、草は我慢できずに訊ねてみた。

「痩せたし顔色も悪いね。どうかしたの?」

「体質ですよ」

パソコンの画面から目を離しもせずに、白石は答えた。

「きちんと食べてる?」

「ええ。食べていますから安心してください。それより、マウスでこのメニューの下から二番目を選んで――」

構わないでほしいという気持ちが、視線すら合わせようとしない白石の態度に表れていた。彼は、ずり落ちた眼鏡を細い指で押し上げて説明を続けていった。長い睫毛《まつげ》の目は規則正しく瞬いていたが、右手の指先は五分と間を置かずに繰り返し額を強く押す。初めて見せた仕草だった。草には、彼が苛立ちを抑えているふうに見えた。

どうしたものかとため息をつき、草がカウンターに戻って明かりを落とそうとした途端、

「まだいたのか」

と、白石の大きな声が聞こえ、男同士の言い争いが続いた。

「おまえ、自分を見てみろ。まるで病人じゃないか！」

知らない男が怒鳴り、バイクが倒れたような音が響いた。

草は戸口へ急いだ。ガラス越しに、駐車場の右手にいる白石だけ確認できた。鍵を開けるまでの間に、エンジンをかける音と白石の怒声が重なって聞こえた。

「いい加減にしてくれ！」

表に飛び出した草が見たのは、バイクで去っていく白石と、スクーターと一緒に倒れていた学生風の若い男だった。男は上背はないがカブト虫を思わせる丈夫な体格をしている。それなのに殴られたらしく、夜道に消えた白石に悔しげに吠えた。

「心配してるのに、わからないのか！　バカ！」

そして、駐車場に大の字になり、

「あーあ、チクショー、腹減ったぁ」

と情けない声を上げた。

草は噴き出し、口元を切って顔を擦りむいている男に近付いた。白石にもこういう友

人がいたのかと思うと、うれしかった。

男は、白石の同級生で水野といった。草の勧めに応じて水野は小蔵屋に入り、カウンター席で怪我の手当てを受け、炊き込みご飯のおにぎりを頬張った。店前で騒いでしまったことを詫びた水野は食事をしながら、十人の大家族だという富山の実家や、白石と入学以来一緒だというロボット研究会の話を屈託なくしてくれたが、草が喧嘩の原因を訊ねると少し口をつぐんだ。

「実はね、わたしも白石くんの様子が変だから心配してたのよ。表面上は普通を装っているけど、あのやつれ方は誰が見たってどうかしてる。病気なの？」

「いや、そうじゃなくて……」

水野はカウンター越しに乗り出してきて、草とパソコンを交互に見てから言った。

「援助交際ってわかりますよね」

「若い女の子がお金をもらってデートするっていう、あれでしょ」

「ええ。白石のやつ、それにはまっちゃって、食う金にも困ってます。今まで接客は苦手だって嫌がっていたのに、レストランのウエイターのバイトまで始めました。大学も休みがちで」

「援助交際とは……また困ったことね」

真面目そうな白石の横顔を、草は思った。白石は援助交際ではなく、割り切った女の子を相手に恋愛のひとり相撲をしているだけではないだろうか。

「本気なんでしょう、白石くん」

「みたいですね。俺、白石のアパートで最初に彼女を見かけた時は、普通に恋人だと思ってました。大人っぽく見えたんだけど、実際は高校生です。大学構内のどこに行けば白石に会えるのかとか、今度白石がバイトしているレストランに食べに行こうとか、俺にかわいく話しかけてくる彼女を、白石がものすごい勢いで遮った。嫉妬ですよね。これはかなりマジだなあ、と思いました。でも何度か白石が彼女に現金を渡しているのを見ちゃって、それである日、帰っていく彼女を追いかけてみたら、その金でゲームセンターで遊び始めた。声をかけると、彼女はにっこり笑って、俺にごちそうするってマックへ誘うんですよ。だから、白石からもらった金で何やってるんだって言ってやったんです。そしたら彼女自身があっさり援交を認めた上に、『彼がわたしに夢中なの。あんたに関係ないでしょ』って、こうですからね」

理解不能とでも言いたげに、水野は首をひねった。

「それはいつ頃の話？」

「先月の、体育の日だったな。俺、やばいなあと思ったんですよ。もし援交がばれて逮捕でもされたら、ニュースに名前が出るのは成人している白石だけじゃないですか。その辺を計算済みの彼女に金を渡すのはもうよせと何度言っても、あいつはまるで聞く耳を持たない。今日もアパートから出てきた白石についてきて、色々言ってみたけど全然だめ。めげずに、一緒にラーメンでも食べながらもう一回話そうと思って待ってたら、とうとうこれです」

水野は腫れた左頬をなでた。

草は色絵の蕎麦猪口に入れたコーヒーをふたつ、テーブルに置いた。

「まあ、これも病気と言えば病気ね」

たぶん誰にも治せない、という言葉を草は呑み込んだ。あまり人付き合いのうまくない白石には、水野が必要な気がしたからだ。

「ふたりは正反対ね」

「俺と白石ですか？」

「そう。でも、喧嘩できるほど仲がいい」

照れくさそうに水野が微笑んだ。

「あいつとは、こんなことがあったんですよ」

ロボット研究会のメンバーで歩いていた時、スポーツウエアを来た男性が向こう側の歩道で膝を抱えて座り込んでいた。ジョギングの途中で休憩している様子だった。ちょっとして戻ってくると、まだ同じ場所に男性はいた。大学まで行ったものの気になって、水野が男性のいた場所まで引き返してみると、先に白石が来ていて救急車を呼ぶところだった。男性は意識が朦朧としていた。

「あれ以来、俺が白石になついた感じです。それまで、頭いいけど冷たそうなやつだなあと思って、敬遠してましたけどね」

「わたしがパソコンの操作を繰り返し間違っても、白石くんは嫌な顔をしたことないわ」

「そういうやつです。俺も試験やレポートで助けられっぱなし」

水野は短いため息をついた。

「あいつ、年の離れた兄貴しかいないから、女に慣れてないのかなあ。俺なんか、ばあちゃん、おふくろ、姉貴に、義理の姉さんがいて女に揉まれてるから、女を理想で固める恋愛はできないけどなあ」

白石がここで倒れでもしたら連絡をしてほしいと、水野は携帯電話の番号をメモしだした。草はそれを眺めながら、あたたかい蕎麦猪口を両手で包んだ。結局は、白石の熱が冷めるのを待つしかないだろう。


久し振りの雨で、朝の街は埃が洗い流されていた。丘陵は小糠雨《こぬかあめ》に霞んで、観音像の輪郭は白い空に融け気味だ。

黒い蝙蝠傘をさした草は三つ辻に立ち、地蔵の足元に捨ててあったアルミ缶やペットボトルを小振りの腰籠に放り込んだ。以前は田畑ばかりだったこの辺りは住宅が増えて、地蔵だけが昔のまま、ぽつんといた。

草はしゃがみ、亡くした息子の寝顔によく似ている地蔵の丸顔を見つめて、静かに手を合わせて目をつむった。

白石は水野との喧嘩のあと、昨夜初めて小蔵屋にやって来たが、水野が草と話したとは知らないらしく、いつも通りパソコンを教えて帰っていった。水野の話を聞いたからか、白石の顔色が草にはますます青ざめて見えた。

白石や宇島について、いつもなら幼馴染みの由紀乃に相談するところだが、彼女は小さな脳梗塞がまた見つかって東京の大学病院で治療中だ。名古屋にいる娘と宮崎にいる息子の家族が代わる代わる来てにぎやかなので、草は一度見舞い、来月に予定された退院をおとなしく待つことにした。

お地蔵さん、と草は地蔵に呼びかけ、白石のために願おうとした。だが、端《はた》が安心するには彼の熱が冷めればいい、しかし本当に白石のためを思うなら、彼の気持ちが女子高生に通じ彼女の危なげな行動が収まればいいのだろうかなどと考え始めると、わからなくなった。今はただ、白石が体を壊さないよう祈るしかなかった。

目を開けて、草は心の中の息子に白石を重ね合わせてみる。無理にどうこうしようとすれば余計に追い込んでしまう気がして、時が経つよりしかたがないという思いが浮かぶだけだった。

草は朝の日課で往復する道を、その日の気分で変える。

でも近頃は、圭子に会えたら連日長時間居座る宇島のことを伝えておこうかと思って、必ず布施家の前を通るようにしていた。草自身が宇島に少々困っているのはもちろんだが、小蔵屋で時間をやり過ごしている宇島が、日毎に気持ちの張りを失っていくように見えるからでもあった。

しかし今朝も圭子には会えず、草がちょっとがっかりして歩いていると、薬局を曲がったところで宇島本人とばったり出くわした。宇島は道端に立ち、傘を持ったまま、ぼんやり斜め上を眺めていた。

「宇島さんじゃありませんか」

驚いたのは草だけで、宇島はゆっくりこちらに向くと、おはよう、と鷹揚な声を出した。

「ああ、朝の日課だね。一周すると、随分ごみが拾えるものだ。これも頼もうかな」

宇島は草の腰籠を覗き込んで言うと、持っていた牛乳の小さなパックと菓子パンの袋をそこに入れ、薬局を曲がって去っていった。歩きながら、コンビニエンスストアで買った朝食を食べていたらしい。

娘が風邪で寝込んでいて、食事が作れないのだろうか。それなら、家族全員で買ってきたものを食べてもいいはずだが。

首をひねった草は、何を見ていたのかと宇島と同じ角度で見上げてみた。するとそこには白地に緑の文字で書かれた、建物に不釣り合いなほど大きな金本内科医院の看板が雨を滴《したた》らせていた。

一旦やんだ雨は、地元のFM局が昼のニュースを流す間にまた降り始めた。

その頃小蔵屋に入ってきた宇島は、午後二時になってもカウンターの中央で持参してきた新聞を広げていた。

テーブル席には、宇島のいるカウンター席をちらっと見てからしかたなくそちらを選んだ感じの男性客が、にぎやかな主婦三人組と間隔を空けて座っていた。暗雲をまとって息を潜めているような宇島の妙な威圧感が、同性すら敬遠させるらしい。雨が強まったせいか、客は増えない。

パソコンの前にいた草へ、久実が寄ってきた。

彼女が慣れた手つきで文字を打っていく。

《もう二時間。毎日、よく来ますね》

もちろん目の前の宇島についてだ。草はうなずいてから返事を打った。

《居場所がないのかしら》

久実がかがんで、長い文を打っていく。

《突然、医者でなくなって、脱け殻状態なんでしょうね》
紅雲町へ移り住んできた経緯は、ここで宇島自身が語ったから、久実もよく知っていた。
《わかります。わたしも東京で勤めていた会社が倒産した時、頭、真っ白で。数えきれないほど会社訪問と面接を繰り返して、やっと入社した会社だったから。解雇された時は、変な気分でした。倒れたのは会社だけど、自分が能無しに思えて、へこみましたよ》
久実が営業部から商品開発部に呼ばれ、スキー選手だった経験と体力をスポーツウエアの開発に活かしてくれと言われて張り切っていた矢先に、会社は倒産した。面接の時、草は久実からそう聞いた記憶がある。
《今でも、スキーが活かせる仕事をしたい？》
《そりゃあ、まあ。えへへ、正直ですみません》
ぺろりと久実が舌を出し、おどけた表情を見せる。
《でも今の仕事、好きです。仕事もめぐりあいってところ、ありますから》
画面上の内緒話を消すと、久実は和食器売場に戻っていった。
新聞をめくった宇島が、大きなあくびをする。
朝の彼の姿を思い出して、草はまた気の毒に思った。宇島が見上げていたのは金本内科医院の看板ではなく、彼の診療所のそれだったはずだ。先生、先生と慕われ、仕事のあとは漁師たちと酒を酌み交わす日々を、台風で一気に失い、千葉から東京、そしてこの街へ越してきたのだ。元の生活が恋しいのも無理はない。

家事でも、勤めでも、自営でも、自分が必要とされていると実感できた仕事を奪われるのはつらいことだ。

今、突然、小蔵屋を奪われたら。

草は背中を湿った刷毛《はけ》でなでられたような寒気を覚えた。体が動かなくなったなら諦めもつくだろうが、他人からは老いて見えても、まだ仕事はやめられない。

数日して、草はやっと宇島の娘、圭子に会えた。朝、布施家の前を通り過ぎた草を、ごみ出しに出てきた圭子のほうが呼び止めてくれた。

「ちょくちょく父が寄せてもらって、ありがとうございます。先日は、夕食までごちそうになったそうで。本当は、父が家にこもりきりになったらどうしようかと心配していたんですけど、安心しました」

「いいえ、わたしは何にも……」

ここまで喜んでいる圭子に水を注《さ》す話はできない。草は微笑み、晴雨兼用で歩く時の拍子取りにもしている蝙蝠傘をもてあそんだ。

圭子は分別してある三つのごみ袋を開けて、草の腰籠のごみを入れてくれる。

「往診中の崖崩れだったから、残ったのは本当に往診鞄ひとつだけ。それを今も父は枕元に置いているんですよ。プライドが高いから泣き言は言いませんけど、結構がっくりしていて。それにストレスも溜まっているみたいです。とりあえず東京に移ったあと、千葉の友人を訪ねるには近い弟のマンションに住み続けるか、部屋が余っているわたしの家に引っ越すか、どちらにするか訊いたら、こっちにすると父自身が決めたのに」

「ストレスねえ」

「ええ。すぐ近くに住んでいる主人の両親が訪ねてくる日は出かけてしまったり、お酒が苦手な主人が無理して晩酌に付き合うのが嫌で夕食時に帰ってこなかったり。ひとり気ままに暮らしてきた父は生活を人に合わせることが苦手で、家族や親戚と気を遣い合うのもストレスなんです。きっと新しい土地より、身内に慣れるほうが大変なんだわ」

宇島の代わりに、草は圭子の不満をぶつけられている気分だった。圭子は家族と宇島の間で板挟みになり、疲れているのだろう。

白い上っ張りを着た和菓子屋の主人が通りすがりに声をかけていった。

「おはようございます。お草さん、この間は母がお世話になりました」

草は会釈した。和菓子屋の主人は、郵便局で彼の母が印鑑をなくした件を言っているらしかった。たまたま一緒にいた草が、ティッシュペーパーにくるまれた印鑑をごみ箱から見つけ出したのだった。

　圭子を励ますつもりで、草は言った。

「なかなか急にはねえ。段々よ」

　だが心のうちでは、突然生活を変えなければならなかった宇島に半分同情していた。子供たちにどちらに住むかと迫られて娘の家を選んだものの、所詮彼にとっては消極的な選択だったのだろう、と。

「すみません、愚痴ばっかり。そうだ、昨日、千葉から父の知り合いがお魚を送ってくれたので、あとで父に届けさせます」

　宇島の小蔵屋での様子を伝えられないまま、草はごみ集積場に向かう圭子を見送った。歩き出そうとして何の気なしに布施家の二階を見上げると、窓が勢いよく閉まった。奥に消えていったのは、宇島だった。

　全部聞いていたのだろう。挨拶もなかったところをみると、草の前で、娘に決まりの悪い話をされて腹を立てているらしい。

　草は小蔵屋へ急ぎながら、薄い水色の空を背負っている丘陵の観音を仰いで、どうしたものかとため息をついた。冷たいようだが、これで宇島が小蔵屋に来なくなるなら、それもいいと思った。宇島が失ったものを丸ごと埋める手伝いは、到底できそうにない。

　ところが、宇島はその日のうちに、帰る久実と入れ代わりで小蔵屋にやって来た。

「魚だ。ほら、千葉の知り合いが送ってきたやつだよ」

カウンター内にいる草に向かって、宇島は提げていた白いビニール袋を上げ、左右に揺らした。雨が降り出したらしく、宇島が左手に持っていた傘から滴が垂れた。開けっ放しの入口から湿った冷たい空気が入り込む。

「圭子の、いっ、言いつけだからね」

ゆらんと宇島が揺れた。明らかに酔っている。

プライドが高い、結構がっくりしている、ストレスが溜まっている、と娘に見透かされていた上に、それを他人に知られてしまい、とても素面《しらふ》では来られなかったらしい。だったら娘に遠慮などせずに、小蔵屋に魚なんか届けられるか、と怒ればいいのに。

次第に草は宇島に腹が立ってきて、ついぞんざいな口調になった。

「ごちそうさまです、どうぞテーブルに置いていってくださいな。酔ってらっしゃるみたいだから、お帰りは気を付けて」

閉店時間を知らせる意味で、草は割烹着を外して白髪をなでつける手をわざと止めなかった。年末年始の休みを作るために、定休日返上で働いたから、酔っぱらいの相手までする元気はない。

「帰り道まで心配してくれるのかい。ありがたいなあ」

皮肉を言う宇島を、草はちらりと見てみた。

引きつった笑顔で、宇島がふらふらと近付いてくる。目は据わっていた。

「ごみを拾い、ご近所に親切を撒き散らして、店も繁盛。まったくご立派だよ」

草の中で、宇島に対する腹立ちがますます膨れ上がってくる。

「宇島さん、酔いが醒めて自分にがっかりするようなことは口にしないほうがいいわ」

目をむき形相の変わった宇島が魚の袋をつかんで腕を振り上げた。

草は反射的に袂《たもと》で顔を隠した。

カウンターを鳴らした魚の袋は滑り飛んだらしく、数回硬い音を弾かせて草の足元に落ちた。草が袂から顔を出した時には、大柄な宇島の背中は開け放たれた戸口の外に去っていくところだった。

カウンターでは、小さな鉢植えのクリスマスベゴニアが横倒しになっていた。土がこぼれ、赤い花が散っている。動悸を鎮めながら草が花を起こしてみると、紺色をした陶器の植木鉢は割れてはいなかったが、細い亀裂が入っていた。

顔を上げた草は、ぎくりとした。

カーキ色のジャケットにバッグを斜め掛けにした白石が、店の端に亡霊のように立っていたからだ。そういえばパソコンの家庭教師の日だったと、草は思い出した。

「……いたの」

「かなりキレてましたね」

白石は何事もなかったかのように、パソコンの操作を教え始めた。宇島との諍《いさか》いについてまったく訊かれなかったので、草はほっとした。

言われるがままにパソコンの操作をしていると、次第に自分が宇島の何に腹が立ったのかがはっきりしてきた。子供を育て、働き続けてきた父親が、娘の家で自分を見失ってしょんぼりと暮らしていることが腹立たしかったのだ。

赤の他人に魚を叩きつける気力があるなら、家族に対して言いたいことを言い、したいようにすればいい。

宇島を責めているのではない。むしろ、へこたれるな、負けるな、と叱咤したい気持ちだった。台風に家も仕事も奪われた宇島の心までしぼんでゆくことが、悔しかった。

気分を切り替えようと、草は深呼吸してみた。隣にいる白石は、顔が瘦せた分、長い睫毛の目ばかりが大きさを増して見える。

白石も気にはなるが、やはり女子高生との関係についてありきたりの忠告をしたところで、彼の気持ちを動かせるとも思えなかった。宇島の件で疲れてもいたので、草は当分何も言わないでおこうと決めたのだった。

しばらくしてかけ直してみても、また長い呼び出し音が続き、留守番電話になった。思い出して、水野の残していった連絡先に電話をしてみたが、こちらも電波の届かないところにいるか、電源を切っているというメッセージが流れるだけだった。

3

この前の木曜に、パソコンを習いながら白石に対して静観を決め込んだことを、草はすでに後悔していた。大人として少なくとも何か言っておくべきではなかったか、できることはなかったか、と思いがめぐる。

息子の良一が澄んだ瞳で、そんな草の内側を見つめていた。

若い頃に草は離婚し、まだ幼かった良一を相手に託して実家へ戻った。苦しんだ挙句の選択で、離れて暮らしていても息子を思わない日はなかったが、間もなく良一は水の事故で亡くなった。草は周囲の人々の不注意や無関心を呪い、そして何より息子を置いてきた自分を責めた。その苦い思いは未だに消えていない。こんな時、じわりと胸の底に滲んでくる。

駐車場に車の入り込んでくる音がして、ヘッドライトが表の戸をなめて消えた。車から降りた軽い足音が近寄り、がらりと戸が開いた。若い女の子だった。

「あれ？」

小さな頭だけを入れて、さっと店内を眺めた女の子は、肩の当たりで切り揃えた髪をかき上げて草を見た。

「すみません。白石さんは来ていませんか」

豹柄のショートコートにミニスカート、敷居にのせた足には踵の高いブーツ。子供っぽい声や直線的な色気のない仕草に似合わない大人びた服装だ。水野の言っていた女子高生らしい。

「ここで待ち合わせ？　それなら、中へどうぞ」

「待ち合わせというか」

車に友だちがいるのだろう。女の子はちらっと後ろを振り返って、待ってて、と言い、小蔵屋へ入った。

「約束をしているんです」

「約束？」

「荷物を受け取る予定で。おじゃまして、すみません」

受け答えする女の子は、和食器売場の方まで歩いて店内を見回している。その合間に電話もかけ、一言もしゃべらずに、舌打ちして携帯電話をコートのポケットへ突っ込んだ。彼女の目つきは店を眺めているというより、白石が隠れてでもいないか調べているふうに、草には見える。丁寧な言葉遣いのわりには、行動はふてぶてしい。外見といい、言動といい、ちぐはぐで、そこがこの女の子を危うくも、魅力的にも見せた。

草は商品棚の向こうから歩いてくる女の子を、刺激したくなった。彼女の本音に、少しでも白石を思う気持ちはあるのか、探ってみたかった。

「荷物って、お金でしょ」

女の子は足を止め、無表情に草をまっすぐ見た。

「どういう意味ですか」

きれいに整えた眉を、女の子は片方だけ持ち上げた。

「これは女同士の話。したことは形を変えて、必ず戻ってくる。思いの外、先は長いのよ」

ふん、と小馬鹿にしたような鼻息を抜くと、女の子はかわいらしい笑顔を見せた。その顔の高さにすうっと上がった左手がスローモーション並みにゆっくり動いて、棚の上にある丸みを帯びたワインカップを持った。

「かわいい。たまごみたい」

光に翳《かざ》して眺めると、彼女はワインカップをコートのポケットに入れてしまった。

「彼が払いますから」

相変わらず微笑んでいる。この肝の据わりようが、草にはかえって女の子を寂しく見せた。こんなふうで気の休まる時はあるのか。

「やめなさいよ。なきゃ困るものじゃあるまいし」

カウンター内から出た草は、テーブル席に座って女の子を待ち受けた。女の子はコツコツと靴音を響かせて、草の近くまでやって来た。

「それだけ堂々としてるなら、名前くらい名乗ったら」

腰を軽く折った女の子は、草から視線を外さない。

「藤原ミツキ」

きれいな目をしちゃって、と言って草が微笑むと、ミツキの瞳がわずかに揺れた。

「二千九百円」

「彼が払いますって。絶対」

「それを持ったまま一歩でも店を出たら、すぐに警察を呼ぶわ。いいわね」

くすりと笑って大股で歩き出したミツキは、会計カウンターにワインカップを置いて、表に出ていく。張りのある太股が、すかすかの自信をまとう彼女によく似合っていた。胸が痛む若さだった。

草は立ち上がり、戸口に行ってみた。ミツキは、やっぱアパート、と短く言って助手席に乗り込み、車は去った。運転手は彼女より大分年上らしい男で、後部座席にも若い男女がいた。

白石はまだやって来ない。いよいよ体調が悪くなって動けないのか。一筋縄ではいかないミツキを相手に、これからどうするのだろう。

草は裏の事務所に急ぎ、白石の履歴書を持って大判のショールを巻いた。この辺りでは、流しのタクシーは走っていない。電話で呼ぶのが常だが、草は近所にあるタクシー会社へ直接向かった。年寄りの足でも、その方が早い。学習塾と飲食店に挟まれた古い車庫に、二台の車が待機していた。狭い休憩室から、顔見知りの運転手が草の姿を認めて出てきた。

白石のアパートは紅雲町から見て川向こうの、入り組んだ路地に銭湯が残る住宅地にあった。外壁だけ白く塗り直された古い二階建てアパートに鼻をつけて、さっきミツキが乗り込んだ車が止まっていた。

停車したタクシーを降り、草はその車に近付いた。半開きの助手席の窓から覗いたが、紫煙が漂う車内にミツキの姿はない。

「ミツキさんは?」

煙草をくわえた運転席の男が答えた。

「俺も待ってるんだけど。駅まで送る約束なんで」

ちょっと見、男は強面《こわもて》だが愛想は悪くない。

「中じゃないの?」

「部屋はそこ。でも電気はすぐ消えちゃったな。どこ行ったんすかね」

男は手前から二番目の部屋を指差した。掃き出し窓は真っ暗だ。

誰。さっきの店のばあちゃん。後部座席で、派手な格好のふたりがこそこそ話している。運転席の男は後ろへ首をねじった。

「ミツキ姫、また兄ちゃんと揉めてんな」

いらねー、あんな妹。言った後部座席の男の声に、くすくすと女の笑い声が重なる。

ねえ、と草は運転席の男に呼びかけた。

「あのふたり、血のつながった兄妹なの？」

「そ。親の離婚で、名字違ってるだけみたいっすよ」

違う角度からライトが当たって、今までの白石とミツキとはまったく別の関係が見えてくる。援助交際ではなく、妹が遊ぶ金を兄からもらっていたのだ。

草は白石の住む一〇二号室の玄関へ回った。ところがドアには鍵もかかっておらず、驚いたことに部屋は蛻《もぬけ》の殻《から》だった。

北風が暗い部屋へ吹き込んだ。玄関に立っていた草の足元で、紙屑が転がった。

草が自分の影をずらして外灯の明かりを入れると、くしゃくしゃに丸められた白い紙からマジックの大きな文字が顔を出しているのが見えた。拾って広げてみると、白石の筆跡に似た右上がりの神経質な文字が横に並んでいた。『美月、神社に来い。荷物も金もある』と書いてある。

近くにある小さな神社を、草も知っていた。ドアを後ろ手に閉めると、正面の家々の向こう側に、神社を囲む杉がギザギザと黒く浮かび上がっていた。

草はタクシーをアパートに待たせて、神社へ向かった。不安だったので運転手に、十分経っても戻らなかったら神社に来てみてほしい、と頼んでおいた。

狭い路地を入った場所にある鳥居を、草は草履の足音を忍ばせてくぐった。暗い境内を囲む杉の幹の間に、住宅の明かりが点々としていた。冷たい風が、木々をざわめかせる。

声がした。社《やしろ》の裏からだった。

草はショールの端を口に当て、目が慣れたために白く浮かび上がって見えてきた敷石をたどって、声のする方へ静かに進んだ。

「――でしょう? あたしが昼間出かけてる間に、マジで全部売っちゃったわけ?」

「――も、洗濯機も、テーブルも全部――」

「それでこれっぽっち? 信じらんない。大体さ、小蔵屋に行くからってメール打ってあったのに、アパートにあんなメモ残しちゃってさ。驚かそうって演出が頭にくるのよね」

近付くにつれて、白石のくぐもった声と美月の勝気な声が、草の耳にはっきり聞こえてくる。社の陰から覗いてみると、住宅の明かりが届いて、美月の後ろ姿が見えた。

「これで俺は家賃を払う金もない。見ていいぞ、財布には小銭だけだ」

「まさか、あいつらにチクッてないよね」

草は身を乗り出したが、社側にいるらしい白石の姿は隠れて見えない。

「親父とおふくろに？　言ったら、どうする」

「ねえ！　言ったの？」

美月の攻撃的な口調には、告げ口されたらどうしようという幼い不安があった。

「そっちとこっち、ふたつの家に、波風立ててみるか。おふくろが新しい旦那との間にできた赤ん坊に気を取られている隙に、美月は兄貴の部屋に泊まりに来ては金をたかって遊んでるって。金を渡さなきゃ、俺の部屋を荒らしまくるから手に負えない。財布や引出しから金を盗む、キャッシュカードで銀行口座を空にする。考えてみれば、最初に本やCDを勝手に売り払ったくらいはかわいかったよな。近頃は手口がプロ並みだ。親父は工場の経営と今の派手な女房の浪費でヒーヒー言ってるから、おまえの素行を聞かされたら泣いて喜ぶさ」

白石は言い終えて咳を繰り返し、洟を啜った。風邪をひいているらしい。

自分を守るために、白石は妹に金を渡し続けていたのだろう。金を渡さなければ、妹は白石の部屋や生活を荒らす。放っておけば、水野や大学の仲間たちにたかるかもしれない。他人の金に手を出し始めれば始末におえない。

草はふたりに向かってゆっくり歩き出した。白石は寝袋にくるまって蓑虫のように社の軒下に寝そべっていた。そばにあるバイクには、荷物が幾つか括《くく》り付けられている。

ふたりは草に気付かずに、話し続けた。

「言いつけたって、あたしが否定したら本気にしないわ。特にうちにいるあの女はね、あたしのクローゼットの中にどんな高い服やバッグを見つけたって、毎日学校に行って、いい成績を取って、あの女の家族に笑顔を振りまいていれば知らんぷりできるのよ」

「行けよ。次の電車に乗らなきゃ、お腹が痛くてお兄さんの所にもう一泊したはずの優等生が台無しだ。勝手に作った合鍵は置いて行け」

美月が腕を振ると、軽い金属音がはねた。

「金のない男なんてサイテー。死ね！」

足元の大きなバッグを引っつかみ、美月は走り去った。白石は妹の後ろ姿を目で追っていた。

両親が離婚したあと、白石は父親に引き取られ、妹の美月は母親と暮らして新しい父親や生まれたばかりの異父きょうだいと表面上はうまくやっているらしい。白石には年の離れた兄しかいないと水野が言っていたが、その兄がまったく当てにされていないところをみると、父親が再婚した相手の息子なのだろう。

草は美月の立っていた辺りで足を止めた。しばらく乾いた咳をしていた白石は初めて草に気付いて頭を上げたものの、何も言わずにまた仰向けになった。

援助交際でなかった安堵と、元凶が肉親かという驚きを隠して、草はしゃがんで白石の額に手を当てた。

「ひどい熱だね」

金を奪い続ける妹を追い払うために、白石は丸裸になった。本来なら家族みんなで受け止めるべき妹を、ひとりで背負い疲れ果てたのだ。

それでも白石は、妹を見送りながら、心の底で彼女の目が覚めるよう祈っていたのではなかったか。

「馬鹿だねえ、こんな体調の時にアパートを引き払うなんて」

「家庭教師……無断で休んですみません」

それだけ言うと白石は無表情のまま、口を真一文字に結んだ。しゃべる気はない、放って置いてくれという態度だ。

強い風が土埃を舞い上げ、枯れ葉を転がす。草はショールを大きく広げてふたりの風除けにした。

風が弱まると、遠くから救急車のサイレンが聞こえた。

「助けてくれ、と言えないかい」

不意を突かれた顔をして白石が草を見た。意地の悪い言い方と承知で、草は続ける。

「言ったら、いけないの？」

白石は草を見つめるが、無言だ。

「言いなさいよ」

しばらく草をじっと見つめ続けていた白石が、口惜しげに顔を歪め、やがて静かに目を閉じた。眉間に、降参、と書いてある。

草は空を見上げた。夜空には大小の星が散っていた。

離婚した父と母、不安定な心を金で支えている妹、そして白石——彼らは全員バラバラで、その間にはどんな線も引かれず、どんな形も描かれずにいて、白石はただ暗い空にぽつんと虚ろに瞬いているように、草には思われた。

鳥居の方から、草を呼ぶタクシー運転手の声がした。


畳の上で、加湿器が白い霧を吐き出している。暖房を入れてあった居間に敷いた布団に、白石は再び横になった。

宇島は首にかけていた聴診器を黒い往診鞄にしまって言った。

「若いんだ。食べたし、あとは寝れば良くなる」

「はい」

体もあたたまってきて安心したのか、白石は素直に返事をした。

タクシーを布施家の前に待たせて、宇島に白石を診てほしいと草が頼むと、宇島は往診鞄を提げてついてきた。顔を合わせるのは、魚を投げつけられたあの夜以来だ。酔った上のこととはいえ、先日の醜態を宇島も反省していたのだろう。草が差し出した汚名返上の機会を、彼は無駄にしなかった。

こたつの上には、空になった染付の深鉢が三つあり、それぞれの隣でほうじ茶の入った湯飲みが湯気を立てている。焼いた小さなおにぎりに、作り置きしてあった熱々の豚汁をかけて、三人で食べたところだ。葱と生姜、おこげの香ばしい匂いが漂っている。

草は込み上げてくる可笑しさが我慢できなくなり、ついにくすくすと笑い出した。

このふたりがさっきまで自分を悩ませていたのかと思うと可笑しかったからだ。タクシーに乗り込んできた宇島を、なんだ喧嘩していたのじゃないのかというような、びっくりした目で見ていた白石の顔も思い出してしまって、ますます草は笑ってしまう。

「箸が転がっても可笑しい年頃でもないだろうに。なあ、白石くん」

「はあ」

ごめんなさい、と草は笑い過ぎで滲んだ涙を拭った。

林檎をこたつの上で切り分けながら、草は水野が白石を心配していた話をした。

「この際、水野くんのアパートにお世話になったら？」

「そういうのは重くて」

白石がぼそりと答えた。林檎を頬張った宇島がちょっと目を大きくして、草を見る。草と白石の会話を聞いていたので、宇島も白石の倒れた経緯はおおよそわかっている。

「極端ねえ。いいところを見せ合うか、べったりか、ふたつにひとつしかないの？　自分で抱えきれない荷物があるなら、ちょっと友だちに持ってもらえばいいじゃない」

「借りなんか作りたくない」

「あのね、お金の貸し借りじゃないのよ。いつか、自分にゆとりがある時に、別の誰かの荷物に手を貸したっていい。それだけのことじゃないの」

草はフォークに刺した林檎を反対側に寝ている白石に腕を伸ばして渡すと、右の襖を見た。奥の部屋には仏壇がある。

「わたしもね、昔は自分を強いと思っていたけど……若いうちに、戦争は起きる、兄も妹も亡くす、離婚する、息子も三つで逝ってしまう。年を重ねたって、雑貨屋だった店も振るわなくなる、家族が病気になる、両親を看取る。生きていると、どうしてか大変なことが多くて」

襖を正面にして座っていた宇島が、黙ったまま大きくうなずいた。

「弱いと認めちゃったほうが楽なの。力を抜いて、少しは人に頼ったり、頼られたり。そうしていると、行き止まりじゃなくなる。自然といろんな道が見えてくるものよ」

柱時計がジーと音を立て、鳴る準備をする。

「そうだな」

話し始めた宇島は、時計が鳴り終わると言った。

「筋肉は、運動で壊れた組織を再生して強くなる。考えてみれば、気持ちも同じだ。時には煩《わずら》わしく感じる付き合いや、人との衝突を繰り返すうちに基礎ができて、たまには荷物の持ちっこができる力も養われる。運動すると筋肉痛が起きるが、それを嫌がっていたら弱くなるばかりだ。……忘れていたよ、わたしも」

水野に連絡を入れると言って草が受話器を持ち上げたが、もう白石は止めなかった。

4

小蔵屋ではお歳暮用にコーヒー豆を求める客が多いので、十二月の中旬まで、連日、贈答品の発注や発送に追われる。閉店時間を過ぎたが、久実はテーブルで、地元のＦＭ局が流すクリスマスソングを鼻歌に商品の包装を続けていた。

宅配の送り状を確認し終えた草は、バイクの音に顔を上げて時計を見た。パソコンの時間だ。

入ってきた白石はデイパックからタッパーウェアを出し、ごちそうさまでした、と小声で礼を言ってカウンター越しに草へ寄越した。

それを目を丸くして見ていた久実が、にんまりと笑った。

「あら、白石くん。随分とかわいくなったじゃないの」

ちらっと草に視線を合わせた白石が、久実に背を向けたまま厚手のジャケットを脱いで言う。

「必ず久実さんのコメントが聞けると思っていました」

草は小声で笑った。前回、白石は水野の分までポトフを持って帰った。今、彼は水野のアパートで暮らしている。

老眼鏡を外し、草は立ち上がって割烹着を脱いだ。新鮮な空気を吸おうと開けた小窓から風がすうっと吹き込み、カウンターに飾ってあるクリスマスベゴニアの赤い花を揺らした。

宇島は白石を診てくれた翌日に、突然千葉へ帰ってしまったそうだ。父親がいなくなって驚いている圭子へ、千葉に着いた本人から電話があり、以前から下宿を勧めてくれていた知人に世話になって、住み慣れた町で医師としての経験を活かす道を探すと伝えてきたらしい。それを知らせにわざわざ小蔵屋を訪れた圭子は勝手な父親だと言って怒っていたが、草は彼女をなだめながら、海風に吹かれて生き生きと歩く宇島を想像した。宇島にしてみれば紅雲町にいた時期を早く忘れたいのかもしれないと思うと、黙って去ったのもわかる気がした。

黒い往診鞄を提げてこの街を出て行った宇島は、どんなに清々した気分だったろう。

何やら久実と立ち話を続けていた白石が急に右手を高々と挙げ、指をチョキにして、頭の右上と左上、さらに右肩の延長線上を順に切る動作をした。ちょうど、操り人形が自分を吊っている糸を三本、ハサミで切ったというような仕草だ。

「何をしてるの？」

草が訊くと肩をすくめた久実が答えた。

「ラジオで『本当にサンタクロースがいたら何を頼むか』って、ファックスの募集してたから考えてたんです。白石くんは見えないものでも切れるハサミが欲しいんですって。わけわかんない。あのね白石くん、面白いメッセージの上位三名様には実際にプレゼントが贈られる企画なんだからさ、わたしのように新車とか、最新のノートパソコンとか、具体的なものじゃないとだめだと思うよ」

「っていうか、考えるだけ虚しくありません？　中央商店街提供のこの番組じゃ、せいぜい自転車かCDコンポと書いた人しか選びませんよ。新車は無理だと思うなあ」

鼻白んだ白石がため息をついてカウンター席に座り、だよね、と久実は冷めた返事をして倉庫へ入っていった。

ああ、そうか。

デイパックを覗き込んでいる白石を斜めから眺めながら、思わず草は声を出しそうになって口に手を当てた。神社で、彼を家族とバラバラになりぽつんと虚ろに瞬いている星だと思ったことは、間違いだったと気付いたからだ。

白石が手のハサミで切っていた見えないもの、つまり切りたいと願っているものは、実の父母、妹と結ばれている家族の糸、断つことのできない血縁に違いない。それがとてつもなく重く、断ち切ろうとしても絶対に切れないものだと、白石は身に沁みているから、戯れにありもしないハサミが欲しいと言ってみたのだ。

幾度となく、ひとりになりたい、と白石は願い続けてきたのかもしれない。

草は小窓を閉めようと手を伸ばした。橙色の照明を当てられた丘陵の観音は、寒さに磨かれた大気の中で、青みを帯びた夜空にくっきりと浮かび上がっている。

「始めますか」

白石が静かに言った。

うなずいて窓を閉めた草は、この屋根の上にどこまでも広がる星空を思い浮かべていた。

悪い男

1

嫌だな、と思った杉浦草《そう》は戸口を開け、草履の足で敷居を跨いだ。

赤茶色い髪の男が、ずっと前の道路にいた。草は外をさりげなく見渡す素振りで、男の顔を窺った。だが、男は左端の自動車の向こうでくるりと背中を向け、去っていった。

水溜まりを残した店前の駐車場には、六月の蒸し暑い空気が揺らぎもせずに溜まっている。

「なんだろうね」

入口脇の青い紫陽花に、草は視線を落としてつぶやいた。男は痩身で背が高く、三十分ほどだろうか、道をうろついたり、板塀と電柱の隙間に立ったりしていた。ジーンズに黒いシャツという服装が遠目には若く映ったが、中年だとしても不思議はない。草は盆の窪の小さな髷から、小振りのべっ甲の櫛を取り、さっと白髪を梳かして元に戻した。

時々顔を見せる老女がやって来て、草の着ている総絞りの着物をほめた。草は不審な男の姿を頭の隅に追いやって、笑顔で彼女をカウンター席へ案内した。

久実が和食器売場から戻り、老女の注文に応じて、コーヒー豆を挽く。コーヒーグラインダーの音が、他の客たちの話し声にかぶさって、古民家風の店内に響き渡った。

白い割烹着の腕を伸ばし、草は老女に入れ立てのコーヒーを勧めた。

「おいしい。このサービスの一杯につられて、ついつい足を運んじゃうわ」

真正面から見て初めて気付いたが、老女は大きな絆創膏を左顎に張っていた。草の視線を受けた彼女は、先週スーパーマーケットの片隅にあるATMを離れた途端、引き出したばかりの現金を見知らぬ男に盗られ、その拍子に転倒して軽い打撲を負ったと話した。幸い、犯人は居合わせた店員に取り押さえられ、現金は無事だったらしい。

「災難でしたねえ。まだ痛みますか」

「体は平気。ただね、あれから昼間お買い物に出るだけでも、ふと誰かに付け狙われているような気がする時があるの」

うなずく草の脳裏に、さっきの赤茶色い髪の男が過《よぎ》った。

しばらくすると客が引けて、店は暇になった。草はいただき物のさくらんぼを藍染めの布に包み、黒い蝙蝠傘を持って、会計カウンターにいた久実に近寄った。丈夫な久実は、梅雨の鬱陶しさにもまったくめげた様子はない。

「久実ちゃん、ちょっと由紀乃さんのところへ行ってくるから、お願いね」

いってらっしゃい、と元気に返事をした久実に、草は顔を寄せ小声で言った。

「さっき、変な男が店の前に立ってたの」

久実は眉をひそめると、すぐに首を回して引戸のガラス越しに外を見た。草は男の特徴を伝え、一応注意するよう付け加えた。久実は真顔でうなずいた。

丘陵から大観音像が見下ろす紅雲町《こううんちょう》を、草は由紀乃の家に向かって歩きつつ、拍子取りに蝙蝠傘を突く。その音が住宅街に、やけに大きく響く。

昼日中だというのに、不思議と人気《ひとけ》がなかった。草はふいに不安になって、誰もいない細い路地の奥や電柱の陰へ目をやった。預かっている合鍵で由紀乃の家に入ると、ほっとし、変に神経質になっている自分に笑いが漏れた。

いつものように由紀乃はソファに座ったままで、草を迎えた。脳梗塞を繰り返したせいで、左半身の麻痺が若干強まった。

「ちょうど良かった。草ちゃん」

由紀乃の膝の上には、防犯フィルムのパンフレットが広げてあった。

近頃、一段と背中が丸くなった由紀乃は、眼鏡をかけた丸顔をほころばせて、宮崎に住む長男の杜夫《もりお》が防犯フィルムを手配してくれたと話し始めた。用心のきっかけは介護ヘルパーが発見した浴室の窓ガラスのひびだった。かけつけた警察官は何らかの理由で侵入をあきらめた者の仕業だろうと言った。そんな話だ。

草は相槌を打ちながら、持ってきたさくらんぼを台所で洗って器に盛り、テーブルに置いた。この話は、もう三度目だった。フィルム張りの業者が来る来週の水曜日は、草も立ち会うことになっていたが、また同じ約束をする。

由紀乃の左手は寒さにかじかんだように固まり、筋肉が落ちて細くなってしまった左足の付け根のところで、手のひらを上に向けていた。電話、電子レンジ、一回分ずつに分けた薬箱など、年を経るごとにテーブルの上には生活に必要な物が増え、畳んだ新聞紙程度の空いた場所があるきりだ。多点杖と歩行器もソファの脇で待機している。以前は週二回だった介護ヘルパーも今では毎日になって、週一回の往診まで加わった。

由紀乃は宮崎に来ないかと杜夫に誘われても、住み慣れた街を離れたがらない。杜夫は定期的に草へ電話を寄越し、由紀乃の様子を聞いては、よろしくお願いしますと最後に言う。彼は思いやりはあるが、体の不自由な由紀乃を遠方で心配するのも限界のようで、いつ自分のところへ連れて行くか時期を見計らっていた。

さくらんぼを食べながら、小蔵屋《こくらや》の前にいた不審者や、現金を奪われそうになった老女について、草は話した。

「恐いわねえ、草ちゃん。この頃、年寄りばかりが狙われて」

「まったく。お互いひとり暮らしだから、戸締まりだけはしっかりしなくちゃ」

「わたしはそこ以外の鍵は開けないの」

由紀乃は南の掃き出し窓を見て笑った。

「ヘルパーさんも先生も、庭に回ってそこのガラスをノックしてくれるから。帰りも必ず、わたしが鍵を締めるところを確認して帰ってくれる」

戸締まりについて、草は由紀乃と顔を合わせるたびに話す。戸締まりをきちんとできるうちは由紀乃は大丈夫と思っていたいから、繰り返し繰り返し同じ話をするよう努めていた。

テーブル横の屑籠から、むき出しで捨ててあるおにぎりが臭ったが、これはヘルパーの仕事と、草は知らない振りをした。本来、由紀乃は屑籠には紙ごみだけと決めていて、今でも調子が良ければ蜜柑の皮でさえ、台所の生ごみ専用のごみ箱へ持って行きたがる。それなのに自分が片付けては、由紀乃に恥ずかしい思いをさせる気がした。些細な失敗に気付いて寂しげに微笑む由紀乃を、できるだけ見たくなかった。

草は、由紀乃の乗る船の舳先《へさき》がほんの少し向こうに角度を変えたと感じていた。今まで各々の船で一緒に流れてきたはずの人が見えなくなるほど遠くなってゆくだろうという、相手も自分もどこへ行くのかわからないままに受ける予感だ。戦死した兄の軍服姿を初めて見た日、十七で亡くなった妹が病床で大人びた表情を見せた夕暮れ、結局は離婚することになる夫を眠れずに待った夜などにも、同じように感じたものだ。

頻繁に由紀乃を訪ねることを杜夫に感謝されても、草は少々心苦しかった。由紀乃がこの街にとどまってくれるよう、草自身が強く望んでいるに過ぎなかったからだ。

2

曇天を突き破る雷鳴が轟いた。

半時間もすると正午だ。客たちは代わる代わる窓の外を見て、忙しく帰っていく。草がカウンターの内側に置いたパソコンの電源を落とし、ふと顔を上げると、久実の肩越しに、あの赤茶色い短髪の男が見えた。駐車場で空を見上げている。

客はひとりも残っていなかった。

草は焦って久実の名を呼んだ。だが、久実が返事をした時には、男はがらっと勢いよく引戸を開けていた。急に降り出した大粒の雨が、地面を激しく叩く。

いらっしゃいませ、と声を発した久実は、カウンターで商品の包装をしていたために、中途半端にしか振り向かなかった。昨日の不審者の話が思い浮かぶほど、男の姿をはっきり認めていないらしい。しかも間の悪いことにセロテープを使い切り、草の目配せにも気付かずに、買い置きを取りに奥へ行ってしまった。

男は頭に付いた水滴を両手で払い除け、草から一番遠いテーブル席の右隅についた。

黒いシャツに銀色のパンツ、太い金のネックレス、金色の腕時計を身につけ、道で擦れ違う時には思わず距離を取りたくなる外見だ。椅子の背に腕をかけ、背筋を緩めて座った姿が、一層柄を悪く見せた。年齢は四十代半ばか。

男は黙ったまま、土砂降りの雨を見ている。様子を窺いつつ、草はコーヒーを落とし始めた。ちろりと男が無表情に草を見て、薄く口を開けた。草は一瞬緊張して、動きを止めた。何か話そうとしてやめた、そんなふうにも取れたが、男はまた窓の外へ向いた。

千本格子の向こうから、戻ってくる久実の声が楽しそうに響いた。

「世界ジュニア選手権で二年連続優勝しているから、ひょっとするとあの子はすごい世界に行くのかもしれないと思うと、こっちまでわくわくしちゃうんですよ」

久実は友人のために商品を用意していた。その友人の高校一年生になる息子がゴルフでアメリカへ留学するので、向こうで世話になる家族への土産を頼まれたらしい。朝から仕事の合間に、久実は自分のことのように喜んで男の子の話をしていた。

「本当に、すごいわねえ」

草は視界の端で、男を見ていた。男は顔をこちらに向けている。女ふたりしかいないことを確かめているのかもしれない。草はパソコンの横にある店の電話を引き寄せた。

雷雨に閉じ込められていれば、悲鳴を気にすることもない。男が強盗を働くつもりなら、絶好の状況だ。

「世界で勝つなんて、アルペンで国体止まりだったわたしなんかには、夢にも描けなかったステージなんだもの」

そう言って横を行こうとする久実の腕を草は強く引き、例の不審者、とささやいた。目を丸くした久実は、さっと男を見ると、草を守ろうと思ったのか、そっとカウンターの中に入ってきて草が愛用している黒い傘をつかんだ。

しかし結局、男はコーヒーをおとなしく飲み、弱まった雨の中を帰っていった。

夜になっても、帰ろうとして店をあとにした久実が、店前の電柱に怪しい人影がある、と言ってあわてて戻ってきた。草も表に出てみたものの不審者は確認できず、やっぱり気のせいだったかな、と久実は首をひねった。

夜半の風の音にあの男の姿が浮かんで、草はよく眠れなかった。

翌日、運送屋の寺田が荷物を運んでトラックと往復する間中、草と久実はあれこれ不審な男について話した。

「お草さん、交番に話しておいたほうがいいよ。何でもなけりゃ、それでいいんだから」

寺田はカウンター席に腰を下ろし、コーヒーを啜った。草はうなずき、あとで銀行に行くついでに交番に寄ろうと決め、あくびをかみ殺した。

開店時間になったばかりで、まだ客がいない小蔵屋は静かだ。

届いたばかりの最新版のフリーペーパーの束を、久実はカウンターの隅に置いた。草は一部取ってもらい、最終ページに印刷された小蔵屋のコーヒー豆増量キャンペーンのチケットを確認する。表紙は、戦後間もなくこの街で結成されたプロの交響楽団「三山《みやま》フィルハーモニー交響楽団」の五十周年記念演奏会の案内だ。

「ラジオも三山フィルだ」

ちらっと表紙を見た寺田が言った。草が地元のFMに耳を傾けると、三山フィルの新しい常任指揮者がパーソナリティーに紹介され、インタビューを受けるところだった。

がらっと勢いよく入口の引戸が開いた。

草と久実が一番客を迎える声を張り上げかけて、同時に息を止めた。あの赤茶色い短髪の男だったからだ。寺田はすぐに異常を察して、戸口に向かって体をひねった。

黒と白のゆがんだ市松模様のTシャツを着た男は、黒いパンツの尻ポケットに右手を突っ込んだまま、前傾姿勢でカウンターに迫ってきた。おおっ、と語尾が上がる疑問形の声を寺田が発した。久実はカウンター内に入ってきて草の用意しておいた長い麺棒をつかみ、草は受話器を持って「一一」まで押した。

こちらに近寄ってきた男は、寺田の目の前でやおら尻ポケットから右手を抜くと、その手を寺田のコーヒーカップの横に置いた。男が手にしていた物はナイフや銃ではなく、幾枚も重ねて二つ折りにされた一万円札だった。

「待った、待った」

男は低い声で言うと寺田の隣にひょいと座った。

「大竹……おまえ」

寺田は眉間に皺を寄せて、男をそう呼んだ。大竹はにやりと笑った。

「まあ、待たせたのは俺だよな。八万借りて、二十五年経っちまった。お互い、四十もとっくに過ぎたおっさんだ」

「どうして、俺がここにいるってわかったんだ」

金をつまみ上げた寺田が渋面を崩さずに、大竹に訊いた。

「野球部ＯＢのホームページに書いてあったぜ。『ファースト寺田、運送屋のくせにコーヒー豆と和食器の小蔵屋で油売ってます』って」

つまり、小蔵屋周辺をうろついていた男は寺田の友人で、若い頃の借金を返済しに来ただけだったらしい。草は受話器を、久実は麺棒を置いた。

大竹は用が済んだとばかりに、さっとフリーペーパーを取り、小蔵屋を出ていった。

寺田は会いたくなかった人間に会ってしまったという不快を隠しもせずに、大竹が高校時代の同級生で同じ野球部員だったこと、親友だった大竹が十九の時に知人や友人たちから金を借りまくってこの街から姿を消し、それきりだったことを手短に話すと、札をくしゃくしゃに握り締めて、仕事に戻っていった。

その二日後、大竹は警察に逮捕された。

3

六月七日の地元紙に、紅雲町の隣の地区、岡原町の小さな事件が載った。六日午後三時頃、ひとり暮らしの老女が自宅で何者かに背後から殴られ現金を奪われたという、わずか二十行ほどの記事だった。被害者が歩行困難を伴う軽度の認知症を患っていてほとんどベッドで過ごしているとあったので、草は由紀乃を連想してしまい、早朝に読んだあとも記事が頭に残っていた。その記事と大竹が結び付いたのは、寺田が昼前に配達に来た時だった。

寺田は奥にある倉庫にダンボールの箱を置いた。草は店と裏の境に立った。

「大竹さんとは、あれきり？」

「うん。俺が話したわけじゃないのに、仲間内には大竹が帰ってるっていう情報は流れてて、全員が大竹の裏切りを思い出してカッカしてる」

「みんなにお金を返しに来たんじゃないの？」

「いや、金を返してもらったのは、まだ俺だけだよ。噂じゃ、大竹のヤツ、定職もなく女のヒモをやり続けていたらしいんだ。どうせ女に逃げられでもして、母親に食わせてもらおうって魂胆で帰ってきたんじゃないのかな」

短いため息をついた寺田は鳴り出した携帯電話に出た。草は千本格子の引戸を閉めてカウンター内へ戻った。間もなく、寺田が電話を耳に当てたまま引戸を開け、パソコンの横に置いてあった地元紙を手にまた奥へ入った。

しばらくしても寺田が奥から出てこないので、草は引戸をそっと開けてみた。寺田はちょうど電話を切ったところだった。

「お草さん、大竹が逮捕された。今、野球部の仲間がふたり、知らせてきた」

「どうして」

寺田は乱雑に折り畳んだ新聞を差し出して、ある箇所を指差した。草が気にかけていた新聞記事だった。

その時、草は初めて、被害者が「大竹永江《ながえ》」であることに気付いた。

「まさか……母親を襲って、現金を奪ったの？　逮捕は確か？」

「あいつ、職もないくせに、出どころのはっきりしない金をかなり持っていたらしい。それに、外部から無理に侵入した形跡もないとくりゃ、警察も当然……」

寺田は下唇を突き出した。そして、電話してきた友人のひとりは大竹永江が入院している病院の事務員で、もうひとりのほうは被害者を助けたヘルパーの同僚だと説明した。ふたりはそれぞれの職場を訪れた刑事たちに、大竹と同じ高校の野球部だったと名乗り出て、刑事たちとやりとりしたり立ち聞きしたりしておおよその捜査状況までつかみ、寺田に伝えてきたという。

「大竹のおふくろさんは頭蓋骨にひびが入っていたけど、事件直後に訪問したヘルパーに助けられて、命に別条なく入院中だ。どうも、ベッドの上に座っているところを後ろから殴られて、その勢いで棚に頭をぶつけたらしい。犯人の顔も見ていないし、声も聞いていなかったようなんだ」

「新聞には、被害者は軽い痴呆だって」

「だから、正確な証言は無理なんだろう」

寺田は話を続けた。

大竹永江は息子についてさえ、訊ねられるたびに、行方知れず、昨日電話があった、久し振りに帰ってきた、などと返事が変わってしまう。しかし、通っていたヘルパーは、永江の枕の下にいつも挟んであった現金の入った封筒がなくなっていると認めた。

ヘルパーは玄関ドア脇の新聞受けに手を突っ込み、玄関内にある椅子の上に常時置かれている鍵を取って、大竹家に出入りしていた。防犯上あまり感心しない鍵の置き場所だが、いちいち玄関先まで出なくても、上がり端に宅配業者が荷物を置いていってくれるなど便利だったので、被害者は長年そうしていたようだ。事件の起きた六日午後三時頃も、ヘルパーは玄関前にしゃがんで鍵を取ったが、その時に垣根の向こう側を去っていく赤茶色い短髪の後頭部を見ている。

さらに今朝になって、事件発生時刻に自宅前を歩いている大竹を見たという目撃者が現れて、それが決め手になり、昨夜から任意で事情聴取を受けていた大竹は逮捕された。目撃者は大竹家の斜め前に住む主婦で、市内に住む娘のところで一泊しようと車で出かける際に、大竹と擦れ違ったと証言した。主婦は朝になって帰宅したため、警察の聞き込みを受けるのが遅れた。大竹本人は取り調べには応じているが、事件発生時刻の行動や所持金の出どころについて口を濁している。

「あいつは二日頃からこっちに帰っていたみたいだ。電話してきたふたりは警察に、大竹が金を借りまくって逃げた話をしたっていうから、あいつは目をつけられたさ。まさか俺に返済して金欠になって、こんな事件を起こしたんじゃ……」

親子間では現金を奪っても罪には問われないが、傷害事件となれば話は別だ。

「おばさんはずっと看護婦をして、女手ひとつであいつを育てたのによ」

寺田は高校生のような口調で言って、肩を落とした。寺田もふたりの娘を持つ父親だ。親の恩を仇で返したかつての親友に、言いたいことは山ほどあるだろう。

寺田の落胆や、大竹の母親の不幸を思うと、草は言葉もなかった。

午後もいつも通り忙しく草は立ち働いたが、大竹の件を思い出しては、カウンターの内側にある小窓を開けて丘陵の観音像を見上げた。

六時を過ぎて入ってきた年配の男性客がカウンターに座って、ラジオの音量を少し上げてくれないか、と言った。客の少ない時間に時々訪れる顔だ。

《――です。さて、今夜は三山フィルハーモニー交響楽団創立五十周年記念演奏会第一夜を生中継でお届けいたします。曲はショパン、ピアノ協奏曲第一番ホ短調作品十一、第二番ヘ短調作品二十一。指揮、清瀬公康、ピアノ、清瀬小枝子《さえこ》、――》

草はジャンルにこだわりなく、耳に心地よい音楽を好む。特にピアノの音色は好きだ。この街を拠点に活動する三山フィルは、市民に馴染み深い。創立メンバーは、楽団を結成する以前から、ボランティアで県内の小学校をめぐって音楽を届けた。草も小学校の講堂で子供たちや近所の人々と一緒に、幾度もプロの生演奏を楽しんだ思い出がある。戦争でしぼみ固くなってしまっていた心を、音楽はしっとりと和らげてくれた。

「夫婦なんだよねえ。この、今度の常任指揮者と、ピアニストさ」

言った年配の客は白い顎鬚《ひげ》を撫でた。

「そうですか。夫婦なら、息もぴったりでしょうね」

「奥さんは地元出身で実力もあるから人気でね。今夜のチケットは早くから完売だったよ」

客はそのチケットを買い損ねたらしく、残念そうに微笑んだ。草は客と一緒にコーヒーを飲み、流れ始めた堂々とした管弦楽に耳を傾けた。

草の中に、ふと単純な疑問が浮かんだ。

弱った母親の枕の下から金を盗るくらいで、どうして大竹は暴力を振るったのだろう。息子だったら、眠っている間やちょっとした隙に簡単に盗めるはずなのに。

4

翌々日、大竹の件に関する疑問はまたひとつ増えた。

配達もないのに、寺田は開店と同時に小蔵屋へやって来て、カウンター席に座った。

「俺、事件の起きた時刻に、たぶん大竹を見てるんだ」

聞いた草も久実も驚いて、入ってきた最初の客に声をかけるのが、一瞬遅れた。大竹の逮捕について、久実には草から話してあった。寺田は中途半端な笑いを浮かべる。

「最初はいい女、次がアフガン犬、最後が男」

和食器売場に向かう客に目をやりながら、草は寺田に問いかけた。

「それ、どういうこと？」

「五日に、俺はここで大竹に会ったよね。あの時の大竹の服装を覚えてる？」

「変わったTシャツだったね。目が回りそうな、白黒の市松模様の」

揺れてるチェッカーフラッグみたいだった、と久実が付け足す。

寺田はうなずき、青い制服の胸ポケットから七日の新聞記事の切り抜きを出した。

「事件が起きたのが六日の午後三時頃。大竹と会った翌日だ。その時刻に、俺は国道を得意先に向かって走りながら、下に見えるパターゴルフ場の駐車場にあのTシャツを見てたんだ。あそこは、平日はがらんとしてる。最初に目に留まったのは長い髪のすらっとした女で、白っぽい毛のアフガン犬を連れて駐車場をあとにして歩いていった」

久実があきれ顔で肩をすくめた。

「わたしなら、先にアフガン・ハウンドを見るな。珍しいもの」

確かに草もその場にいれば、長い毛が特徴的な大型犬へ先に目がいっただろうと思う。

寺田は手を突き出して、まあまあ、と久実を制した。

「で、女が後ろを振り返って手を振った。相手は駐車場の真ん中で立っているあのTシャツだ。大竹だと思った。だけど、それと事件がつながらなかったんだ」

寺田の話を聞いているうちに、草もその場所を思い出していた。パターゴルフ場は、紅雲町から車で十五分ほど南に行った辺りで、県立の美術館と博物館が併設されている天之森公園に程近い場所にある。草にとっては、展覧会に行く時に利用する市内巡回バスからよく眺める風景だ。三階くらいの高さから徐々に下る国道を行くと、パターゴルフ場は大きなゲーム盤のように見え、駐車場は国道に近いところに位置した。

混雑する交差点の手前で国道は渋滞気味だったこと、その交差点を曲がったところにある得意先のレストランが三時からのミーティングを始めたばかりだったことを、寺田は挙げて、見間違いではなく時間も確かだと念を押した。

「寺田さん、さっきからTシャツ、Tシャツって、顔は見なかったんですか。渋滞していてあの距離なら、知り合いの顔はわかるでしょ」

久実が言うと、寺田は首を横に振った。

「後ろ姿で、見下ろす角度も悪くて頭は木に隠れてた。だけど、あの服はそうないだろう」

「うーん、ないでしょうねえ。変だなあ。だったら、どうして逮捕されているのかな。パターゴルフ場で人に会っていたなら、本人が言うはずでしょ。それに、事件のあった時刻に大竹さんを自宅前で見た人がいる。わけわかんない」

「弱った母親の枕の下から現金を盗るくらいで、息子が暴力を振るった、ってのも変だしね」

草の言葉に、そうなんだ、と寺田は息を吐いた。同じことを考えていたらしい。

「一応、警察に寄ってみるよ。放って置くのも気が引けるし」

話して整理がついたのか、寺田はすっきりした表情で小蔵屋を出て行った。

水曜日の昼過ぎ、草は約束通り、防犯フィルム張りの立ち会いに由紀乃の家へ向かった。

風は涼しいものの、日差しはじりじりするので、草は蝙蝠傘を広げる。

昨夜、閉店間際に普段着で現れた寺田は、大竹自身が寺田の目撃証言を否定していると浮かない顔をした。女も、アフガン・ハウンドも、パターゴルフ場もまったく覚えがないの一点張りらしい。これ以上仕事を増やさないでくれと刑事に嫌味まで言われた、と寺田が自嘲気味に笑うと、レジを締めていた久実が首をひねった。

「こう言ったらなんですけど、大竹さんなら寺田さんの目撃証言に飛びつきそうな感じですよね。たとえ、パターゴルフ場にいたのが自分じゃなかったとしても」

久実の言うことはもっともだと、草も思った。大竹は知り合いから借金をして平気で逃げ、定職もなく女の世話になっているという噂まである男だ。傷害事件の犯人が大竹なら、なおさらそのくらいの態度に出そうなものだった。

草も釈然としない心持ちで、寺田にコーヒーを出した。

「それとも今回は心から反省して、寺田さんの目撃証言は間違いだと事実を言ったままでか」

寺田は顎を揉んでいた手を止めて、草を見た。

「ところが事件のあった夜、大竹はあの白黒の変なTシャツを着て警察署に入っているんだ。担当の刑事は教えてくれなかったけど、若い女性の刑事に訊いてわかった」

久実がレジからカウンターに小走りで近付いてきた。

「じゃあ、やっぱり寺田さんが見たのは大竹さんってこと？」

「ねえ、近所の奥さんが目撃した男は何を着ていたんだろう」

「それも女性の刑事に訊いてみたけど、そこまではわからないってかわされた。大竹は二十年以上実家にいなかったんだ。近所の人だって、今のあいつを初めて見るようなものだろう。まして、その奥さんは車に乗って擦れ違ったんだ。見間違う可能性だってある」

草たちは無言で視線を交わし合った。

「あれでも高校二年の夏までは、無口で真面目なやつだったんだ」

寺田はぼんやりと宙を見つめて、続けた。

大竹はピッチャーでバッティングもよく、県大会の準決勝までチームを引っぱった立役者だった。しかし、試合前に他校の生徒と喧嘩して手首を痛めた。怪我を黙ったまま準決勝で投げ、二回表で連打を浴びて降板。チームは惨敗した。監督になぜ故障を隠していたと叱責されて、他のやつが投げたって勝てないからさ、と大竹は怒鳴り返したという。

「つるむのが嫌いなくせに野球は好きで、冷めた性格してても試合の負けは許せない妙な男だったけど、俺はやつのそういうところが好きだった」

「ちょっとカッコイイかも。大竹さん、もてたでしょ」

スポーツマンタイプが好みの久実の質問に、寺田は笑って大きくうなずいた。

「でも、手編みのマフラーを、贈り主の目の前で焼却炉の火に放り込んで、人気急落」

最低、と言って久実は鼻に皺を寄せた。なぜか寺田は照れくさそうに頭をかいた。

「実は、その女の子は俺の好きな子でさ、俺は大竹と一緒にいたんだ。あいつは帰っちまう。女の子は泣き出す。俺は突っ立ったまま、やつは俺の気持ちを知ってたな、って思った」

「結構、優しいところもあるのね」

言った草に向かって、寺田が情けなさそうに首を振った。

「ところが県大会で負けたあとはさ」

監督ともめて以降、大竹は野球部をやめた。寺田は進学、大竹は進路が決まらずで、少しずつ距離ができていった。大竹は毎日をバイトと女で埋め、寺田を遠ざけるようになった。酔っぱらいを半殺しにしたとか、ヤクザと仲がいいとか、大竹の悪い噂が飛び交った。

「それでも高校を卒業した年の夏、突然『おふくろが重い病気にかかって金が要る』って相談された時には嘘だとも知らずに、夏休みのバイト代を全部渡した。その上、他の仲間にまで金を出させたよ。大竹の目は真剣に見えたからな」

深いため息をついた寺田は、

「あいつ……会っていた女性のことを話したくないのかな」

と、つぶやいたのだった——。

蝙蝠傘の下から、草は青空を見上げた。小蔵屋で雷雨を眺めていた大竹が思い浮かんだ。事件が起きた六日午後三時、彼がパターゴルフ場にいた可能性は高い。それなのに、なぜ彼は自分の行動をはっきり語らないのか。

寺田も気の毒に、と草は思う。

二十五年もかかって元親友に金を返しに来た、いい加減なのか律儀なのかわからない男のために、寺田はこのところ振り回されっ放しだ。留置されている大竹について考えるたびに、寺田は長い時間の中で驚くほど遠くなってしまったふたりの距離を感じているのだろうか。

ある意味では自分でこの状況を作り出しているとも言える大竹よりも、むしろ寺田を楽にしてやりたいものだと草は思いつつ、また歩き出した。

由紀乃の家に、防犯フィルムを張る作業員はまだ来ていなかった。草が入ると、由紀乃の姿は居間のソファになく、掃き出し窓が大きく開き、カーテンが揺れていた。

あわてて庭に顔を出してみると、背を向けた由紀乃が靴下のままで多点杖と梅の木にすがるようにして立ち、低い生け垣の向こうを見ていた。

左半身に麻痺のある由紀乃が、近頃ひとりで戸外に出ることはなかった。これはいけない、と草は冷や水を浴びせられた気分になり、由紀乃に声をかけるのが恐くなった。それでも由紀乃と自分自身のために穏やかな声を用意した。

「由紀乃さん、どうしたの？」

ゆっくりと振り向いた由紀乃は、静かに、と小声で言った。草はますます不安にかられて、土埃が積もったサンダルを忙しく履き、由紀乃の傍らに急いだ。

「おかしな男が覗いていたの。何回もよ。気味が悪い」

由紀乃は顎を少し上げて、前の道路の右手方向を指し示した。

「ほら、あの赤っぽい頭の男よ」

確かに赤茶色い髪の男が、二、三軒向こうを去っていく。髪の色は大竹によく似ていたが、彼よりもやや小柄で若そうだった。

「ねえ、由紀乃さん。あの男は小蔵屋にも来たかもしれないわ」

よく考えてみれば、草と久実が合わせて何度か小蔵屋で見た不審者も、全部が全部、大竹だったという保証はどこにもなかった。

「あら、草ちゃんのところにも、あの男が来たの？」

由紀乃は、草がした不審者の話を失念してしまったらしい。だが、家を覗いていた男を訝しく思って庭に出たのだ。その事実が、とても草を元気付けた。

介助しながら居間に戻り、草は交番に連絡した。由紀乃は満足そうに、にっこり笑った。そして、ふたりで裸足になって、手際よく防犯フィルムが張られる様を眺めた。

由紀乃の家から帰る途中でも、草はまたその男を見かけた。今度は、男はスクーターに跨がってエンジンをかけたまま止まり、古い住宅をブロック塀越しに覗き込んでいたが、草が近付く間もなく走り去った。キャップ型のヘルメットは、首に紐で引っかけられ項《うなじ》辺りにずれていたので、染め髪がよく見えた。

男が覗き込んでいた家まで草が行ってみると、その向かいの家で、主婦が開け放った窓辺に立って電話していた。

「――紅茶みたいな色の髪をした変な男が。三十代、いや、もっと上かしら。お向かいは、おばあちゃんのひとり暮らしですよ。そうですね、パトロールをお願いします」

電話の相手は警察官らしい。再び、草は歩き出した。

大竹の実家がある岡原町はこの紅雲町の東隣で、両地区合わせても半径一キロメートル圏内にほぼ収まるはずだ。さっきの男が独居老人宅を狙ってうろついていたとしたら。そして大竹の家に出入りするヘルパーを見て鍵のありかを知ったとしたら。目撃者の主婦は大竹ではなく、鍵を使って簡単に出入りして金を奪い、暴力まで振るっておきながら平然と去ったあの男を見たのか。

首に掛けていた紐を手繰って懐から携帯電話を出した草は、寺田に連絡を入れた。

閉店後、草と久実がカウンターで待っていると、寺田が鮨折りを持って訪れた。

「明日は休業日なのに人探しに協力してもらうから、奮発した。特上だ」

ごちそうさまです、と言って、久実が鮨折りを受け取る。

「でも気にしないでください。誘ってくれる人もなく、どうせ寂しい休日ですから」

女房に内緒の臨時収入で懐があたたかい、と言って寺田は腹をさすった。どうも、大竹がらみの一件を、連れ合いには話していないらしかった。女房は体調がすぐれない、としばらく前に話していたから余計な心配をかけたくないのだろう。

草は緑茶をふたりに出し、カウンター内の椅子に腰を下ろした。

「昼間の男がずっとこの界隈をうろついていたとしたら、やっぱりパターゴルフ場の駐車場に立っていた男性は大竹さんの可能性が強くなるね」

「うん。問題は、どうして大竹がそれを黙っているか、だ。例の女性に会えば、大竹があそこにいたことを黙っている事情もわかるかもしれないし、このあとどうしたらいいか、俺もはっきりする」

思い出したように箸を置いた久実は、インターネットで手に入れたパターゴルフ場の周辺地図と、白っぽい毛のアフガン・ハウンドの写真を寺田に見せた。

「やっぱり、手がかりはアフガン犬でしょう？」

「さすが久実ちゃん、準備がいいな。うん、ちょうどこんな仙人みたいなアフガン犬だった。犬を引いて歩いていたんだから、彼女はそう遠くに住んじゃいないはずだ。パターゴルフ場の駐車場から、天之森公園の方向に歩いて行った。あの辺りの住宅を訪ねてアフガン犬を探して歩けば、彼女を見つけ出せると思うんだ」

携帯電話が振動する音が響いた。寺田が胸ポケットから携帯電話を出し、メールを読んで、だめか、と片頬で笑った。

「野球部の仲間に、大竹が付き合っている地元の女を知らないか訊いてみた。でも空振り」

寺田は白身の握りを勢いよく頬張った。

5

次の日の正午、草たち三人はパターゴルフ場の駐車場に集合した。曇り空で、北東の風に冷たい雨の匂いがしている。

パターゴルフ場の北側は畑、東側は六メートル幅の道路を挟んで住宅地になっている。場内入口の錆びた門には、「本日終了」の看板がぶら下がり、手前にある土の駐車場には、中央の木の下に白のセダンが一台止まっているだけだ。西側の高い位置にある国道は緩やかに下りながら、南側へ大きく回りこむ。国道を支える草の生えた斜面が壁になり、その向こうの景色を遮っていた。

草は久実と一足早く来て、駐車場の近くから女性を探し始めていたが、まだ見つかっていなかった。三人はそれぞれ持っていた地図を広げて、昨夜六ブロックに分けたうちの半分が捜索済みと確認した。

「助かるよ。何しろ、昼休みしか時間を取れないから。じゃあ、二手に分かれよう」

「わたしは久実ちゃんと南側から探す」

草と久実は再び、庭を覗いて目的の犬を探したり、時には大型犬を飼っている家の人に、近所にアフガン・ハウンドがいないか訊ねたりした。しかし、散歩中のアフガン・ハウンドを見かけた人に会えたのが精一杯だった。

道のずっと先に、寺田の青い制服を認めた時には、駐車場で別れてから三十分が経過していた。

「ここから寺田さんまでの間に例の犬がいなかったら、もっと東寄りを探さなきゃですね」

言って立ち止まった久実に、草は肩を並べ、蝙蝠傘を突いて腰を伸ばした。年のわりに丈夫とはいえ、若い者のようにはいかず、さすがに足がくたびれてきた。

犬が室内で飼われているから見つかりにくいのか、女性は天之森公園に車を置いて散歩がてら歩いてきただけなのか。

また歩き出して少し先に行った久実が、オレンジ色の瓦屋根をのせた欧風の家を指差した。

「あそこなんか、どうでしょうね。アフガン犬が似合いそう」

行ってみると、いた。その家の高い柵の向こうに、銀色の毛をしたアフガン・ハウンドが。犬は洗濯物をくわえ、追いかける長い髪の女性を尻目に、芝の庭を走り回っている。

ガッツポーズをして喜ぶ久実の隣で、草が柵越しに声をかけた。女性は近寄ってきて、大竹を知っているかという草の問いに、目を泳がせたものの黙ってうなずいた。

草は、彼女の表情の中にためらいを感じた。見ず知らずの訪問者を訝るというより、返事を躊躇しているように思われた。それでも草が事情を簡単に説明すると、女性は久実が携帯電話で呼んだ寺田の到着を待って、家に招き入れてくれた。

広いリビングは塗り跡を残したベージュの土壁に囲まれている。窓辺から草、久実、寺田の順に、真新しい革のソファへ腰を落ち着けた。

「大竹くんがそんなことになっているなんて、全然知りませんでした」

女性は清瀬小枝子、旧姓茂木《もてき》。小枝子は草たちの向かいに座っている。彼女の左奥にある開け放った扉からは、隣室に置かれたグランドピアノが見えた。

事の経緯を寺田が詳しく説明すると、大竹とは同い年で、学生の頃、楽器店のアルバイトで知り合ったという小枝子は肩を落とした。

「六日の午後三時、確かに、わたしは大竹くんとパターゴルフ場の駐車場で会っています」

小枝子は四十代半ばには見えない若さだ。大きな目をした端整な顔立ちは、長い黒髪で引き締まって映った。寺田の目が、犬より先に彼女に留まったのも無理はない。

草はどこかで彼女に会ったことがある気がして、そう問いかけてみた。

「いいえ。お目にかかるのは初めてだと思いますけど」

小枝子はテーブル脇のマガジンラックから、小蔵屋にも置いてあるフリーペーパーを取り出した。表紙は三山フィルの五十周年記念公演の案内で、ピアニストとして彼女の写真と名前が載っている。草は納得した。

「先日、ラジオで演奏会の生放送を聴きました。新しい常任指揮者はご主人だとか」

「はい。ずっと東京と海外を往復する生活でしたけれど、主人が三山フィルのお話をいただいたので、しばらくわたしの故郷に落ち着くことにしました。育ててくれた街に恩返しもしたかったですし」

寺田が身を乗り出した。

「差し支えなければ、大竹に会った理由を教えてくれませんか。それがわかれば、どうして大竹が警察にアリバイを話したがらないのか、これからどうしたらいいのかが、はっきりすると思うんです。別に大竹のためというより俺自身が納得できないからで。それに事件の犯人が他にいるなら、物騒で放って置けませんしね」

小枝子は小さくうなずいた。

「こちらから会いたいと連絡しましてね。楽器店のアルバイト以来、本当にしばらく振りに六月二日に会って、六日は二度目でした。理由は……」

言いづらそうにしている小枝子に、寺田が言う。

「あなたも、昔、あいつに金を貸したんでしょう。それを返してもらった」

それなら大竹は小枝子に会ったことを隠す必要はなさそうだと草が思っていると、小枝子は寺田の推測を否定する素振りを見せた。

「いいんです、あの件では俺も含めて野球部の仲間や監督までが犠牲になりましてね。母親が重病になって金が要るなんて言われて。まだ初任給が十二、三万円の時代に、大竹は自宅から持ち出した分も含めると五十万円以上を懐に入れて、この街を出て行った。しかし、あなたにまで借りていたなら、やつは一体幾ら——」

「お金を借りていたのは、わたしのほうなんです！」

低く強く言った小枝子は、唇を震わせていた。草は驚き、聞き返す言葉も出なかった。

小枝子の話は二十五年前の、彼女と大竹が十九歳だった夏に遡《さかのぼ》った。

ふたりがアルバイトをしていた駅前通りの楽器店で、売上金五十六万円が盗まれた。犯人は小枝子の実母とされた。直に犯行を目撃した者はなかったが、売上金の入った袋を机の上に置いて事務員がトイレに行っているわずかな間に、事務所にいた者は小枝子の実母だけだったというのが理由だった。騒ぎになった時には母親の姿は消えていて、小枝子だけが責められた。

前年に国内のピアノコンクールで二位の成績を収めた小枝子は、楽器店内にある教室のピアノ教師の尽力で、ウィーンへの留学が決まっていた。だが、ピアノ教師に挨拶と称して訪れた実母が盗みを働いたとあって、教師は留学の件を白紙に戻すと言い出した。

大竹はそのなくなった売上金を埋め合わせてくれたのだと、小枝子は言った。

寺田が半ばあきれたような声を出した。

「じゃあ、大竹は俺たちに嘘をついて集めた金を、楽器店に渡したんですか」

「大竹くんがどうやってお金を作ったかは、今知りましたが……おそらく、母の話がこれ以上広がらないようにと考えて、嘘をついてくれたんだと思います」

小枝子の鍛えられた両手の太い指は、固く組み合わされた。

「ごめんなさい。高校を卒業したばかりの大竹くんが、一晩で大金を用意したのだから、まともな方法のはずがないと、当時も薄々わかってはいました。その上、ただ店に返金してもわたしの母への疑惑は晴れませんから、窃盗事件ではなかったと周囲を騙す工夫まで必要だったのに、それでも、わたしは大竹くんの考えてくれた計画を断れなかった。留学をあきらめられなかったんです」

小枝子には不運がふたつあった。ひとつは父親は不明で、母親はアルコール漬けだったこと、もうひとつはピアノが大好きだったものの、レッスンに通う経済的な余裕がなかったことだ。

しかし、小枝子は人に恵まれた。小学校低学年で、八百屋を営む優しい叔母夫婦の養女となり、実際にはいとこに当たる弟妹と楽しく暮らせた。相変わらず経済的に余裕はなくても、小中学校の教師がピアノを教えてくれた。特に中学では、音楽教師が有名大学のピアノ科出身で熱心だったことが幸いし、幼い時からピアノ教室に通う生徒たちに引けをとらない力を身につけられた。贔屓だとPTAの一部から文句が出たが、校長がレッスンの参加や見学を自由にした結果、ひたむきな小枝子の味方が大勢できた。さらに高校に入ってからは楽器店で、一層本格的なレッスンを受けられるようになった。音楽に造詣が深いオーナーの支援だった。ピアノ教室の助手や店員としてアルバイトをする傍らレッスンを受け、楽器店のピアノ教師の人脈から、多くのプロを育てた教師にも師事した。

十二歳の時に、実母は失踪していた。だが、小枝子のピアノコンクール入賞の記事を目にして、突然楽器店に現れた。小枝子は母親に対する嫌悪をあらわにした。

「一階の店側から奥の事務所に入り込もうとする母を、必死で止めました。お酒のにおいがひどくて言葉もはっきりしない母を、繊細で厳しい先生に会わせるわけにはいきませんでした。それが母に窃盗をさせるきっかけになったのかと後悔しましたけど、後の祭りです。母が強引に入っていった事務所には、幸い誰もいませんでした。でも、母にはわたしが先生を隠したように思えたのでしょう。『そんなに嫌なら出てってやる』と低い声で言うと、机にあった売上金袋を取り、札束をつかみ出して自分のバッグに入れ、表へ出て行きました。わたしの胸に、残りの小銭と集計したメモが入った布袋を押し付けて」

「本当にお母さんが……。てっきり、濡れ衣かと」

寺田の言葉に、草も久実もうなずいた。

「お母さんを追わなかったんですか」

久実が訊くと、小枝子は目を伏せた。

「追ってしまったら、仮に捕まえたとしても、母が売上金を盗もうとした事実が周囲にわかってしまう。でも、現実にお札の抜かれた売上金袋は自分の手に残っているから、知らないふりもできない。わたしは恐くなって、小さく畳んだ布袋をフレアスカートのポケットに隠し、廊下に出て、とにかく一階を離れようと従業員用エレベーターに一旦乗り込みました。でも、やはり隠し切れないとエレベーターを降りた。ちょうどその時に、売上金を机に置いていた事務員がトイレから出てきました。彼には、わたしが上の階から降りてきたように見えた。しかも、わたしと母が事務所に入り、母がひとりで店を出て行く様子を大竹くんと別の店員が楽器売場で見ていた。みんなの目には、わたしが上の階へ行っている間に、事務所で待っていた母が売上金を盗んで逃げたと映りました」

楽器店の店長は、小枝子が養父母に相談して金を返してくれるなら、警察沙汰にはしないと言った。しかし、小枝子としては、真面目に働いて養ってくれている養父母にそんな話をできるわけがない。だからといって留学のために自分で貯めている金では足りないし、仮に売上金分を返して窃盗事件を表沙汰にしないでもらったとしても、今まで支えてくれたオーナーや先生を裏切ったに等しい。留学はあり得ない。どうやっても、小枝子自身にかけられた泥は拭えなかった。

楽器店をあとにした小枝子が家にも帰れず、公園のブランコに座っていると、大竹がバイクで追ってきた。小枝子が洗いざらい実母について話し終えると、売上金袋を手にして黙って聞いていた大竹が、留学しろよ、とぽつんと言った。

「大竹くんは『小銭も、集計したメモもある。五十六万円をこの袋に入れて、店に戻せば、窃盗事件自体をなかったことにできる。事務のおっさんの勘違いで済ませられればいいわけだ』と言いました。わたしは不可能だと反論しながら、大竹くんの計画を聞くうちに、これしかないと思い始めていました」

大竹は一晩で金を用意し、翌日、事務員がロッカーを開けたところへ近付いて話しかけ、気付かれないように売上金袋をその中に入れた。そして、大竹は何食わぬ顔で袋を今見つけたふうに装い、事務員にささやいた。子供のレッスン料をちょろまかすだけじゃなかったんですね、と。それを、小枝子はドアの隙間から見ていた。

「事務員は時々子供のレッスン料を懐に入れていた。それを大竹くんは知っていて、利用したんです。すっかり怖気《おじけ》付いた事務員は、大竹くんの言う通りに『盗まれたのではなく、机の引出しの奥に袋を落とし込んでいただけだった』と店長に報告しました。大竹くんのおかげで、わたしには留学の道が再び開けたのです」

その直後、大竹はこの街を去って行方がわからなくなった。二年後、実母が病死した知らせを小枝子はウィーンで聞いた。

長い年月を経て、ピアニストとなって故郷に戻った小枝子は、五月に、大竹の実家へ手紙を出してみた。旧姓で出した手紙には、五十六万円を返したい旨と、現住所や携帯電話番号を記しておいた。

六月二日夜、不用意な手紙を出すな、と大竹は小枝子の携帯電話に連絡してきた。母親が老いてから、気まぐれに実家へ電話をするようになっていた大竹は、痴呆の出ていた母親の口から「茂木小枝子」より手紙が来ていると運よく聞けたらしい。

小枝子は帰宅直後に、自宅前で電話を受けていた。会いたいと言ったが聞き入れられず、しかし、見られている気配に振り返ると、少し離れた街灯の下に男の姿があった。男があわてた様子で電話を切ると、小枝子の耳元の電話も切れた。踵《きびす》を返す男を、小枝子は必死に追った。電話が非通知だったので、これを逃したら会う機会はなくなると思った。やはり男は大竹だった。

大竹はインターネットや音楽雑誌などを通じて、小枝子の活躍をよく知っていたという。

「『昔のことは忘れろ。変な噂が立ったら茂木が困るだろう』と帰ってしまおうとする彼を、パターゴルフ場の駐車場まで追いかけて、手持ちの現金を押し付けました」

寺田と久実が納得顔で、草を見てきた。寺田に返された八万円がその金らしいと、草も想像がついた。

「それで、残りは六日午後三時にまたここで、と約束したんです。七日の演奏会のチケットも持ってくるからって。大竹くんは来てくれました。まるでチケットのほうがメインみたいに、大事そうに受け取って」

草は静かに息を吐いた。

居づらい故郷に、大竹は小枝子に呼ばれて戻り、小枝子のピアノを聴くために滞在し続けたのだろう。そして、彼は小枝子の立場を守るために、警察に事件発生時の行動を黙っている。警察に事実を言えば、彼女は言いたくないことを口にしなければならなくなると慮《おもんぱか》ったに違いなかった。それは小枝子への愛情なのだろうか、と草は考えてみたが、少し違和感があった。大竹にあるのは恋愛感情でなく、もっと乾いた熱とも思える。

ぽうっとした表情で久実が胸を押さえた。

「大竹さんは、小枝子さんをずっと好きだったんですね」

寺田は合点がいったというようにソファに深くもたれたが、小枝子の表情は厳しかった。

「それはありません。当時、彼には年上の恋人がいましたし」

彼女の口調はきっぱりとしていた。

「十九の大竹くんは言ってくれました。『この先に行け。行ける力があるやつが、行かなくてどうする。足枷《あしかせ》は自分でぶった切れ』と。彼は肩を壊してプロからの誘いを断らざるを得なかったそうです。だから、道を断たれた時の衝撃と無念をよく知っていました。きっと、わたしが男でも手を貸してくれたと思います」

「プロからの誘いを断った？　手首じゃなくて……肩を壊していたんですか」

初めて聞く話ばかりだったらしく、寺田は驚いて姿勢を正した。寺田の横顔には、親友だったはずの男は自分に何も打ち明けてくれなかったという落胆が見え隠れしている。

大竹という男はつくづく不器用な人間だと草は思った。自分が楽になるために友を頼るのは嫌で、自分のようにもがき苦しんでいる者には犠牲を払っても手を差し伸べてしまう。

「警察署に行きます」

「いいのかな。大竹はそれをあなたにさせたくなかったのに」

静かにソファから腰を上げた小枝子は、寺田へまっすぐ視線を向けた。

「構いません。警察も守秘義務があるでしょうから」

草はうなずけなかった。大竹の逮捕についてさえ、これだけ外に漏れているのだから当てにはならない。事実は噂と混じり合って、すぐに狭い街を駆けめぐる。だから大竹は、小枝子について警察に話さないのだ。自分で小枝子の足枷を切る手伝いをしておきながら、警察沙汰に彼女を巻き込むわけにはいかないと考えた。大竹の性格では無理もない。

雷雨の日の小蔵屋で、カウンターの方へ顔を向けていた大竹が思い出された。あの時、久実は友人の息子にゴルフの才能があることを喜び、世界で勝つなんてアルペンで国体止まりだった自分には夢にも描けなかったステージだ、と言っていたのだった。

外は、小雨が降り始めていた。雨は皆、地表に落下するだけなのに、風にかき乱されて、様々な向きに線を描いている。

6

草と久実が付き添って警察に行った小枝子が、大竹に会っていた事実を話すと、その理由を詳しく訊かれる間もなく、すぐに大竹は釈放された。すでに大竹の母親を襲ったと認めた男が捕まっていたからだった。

誤認逮捕を詫びた刑事から、赤っぽい髪の不審な男に関する目撃情報が相次いで寄せられ逮捕に至ったと聞いて、草は由紀乃の教えてくれたあの男が容疑者だとわかった。容疑者は紅雲町周辺地域の独居老人の名簿を持っていて、それを元に強盗を繰り返そうとしていたらしい。

草が由紀乃も目撃して通報したと言うと、刑事は名簿を見てきて、草には「×」由紀乃には「○」が付いていたと教えてくれた。草は寒気がした。そのうち、容疑者は由紀乃の家に侵入しそこねたと自供するかもしれなかった。

廊下に現れた大竹は、不機嫌そうに小枝子を一瞥《いちべつ》すると前を通り過ぎ、外の駐車場まで出た。仕事に戻っていた寺田も、ちょうどそこへ滑り込んできた。

トラックを降りて近付いてきた寺田の腹に、大竹は軽くパンチする真似をした。

「余計なことをしやがって」

そして、みんなに、と言って寺田に封筒を渡した。寺田が中身を確認する時、現金がちらりと見えた。

警察署の敷地をそのまま出て行こうとする大竹を、小枝子は呼び止めた。そして、演奏会に来られなかったから、と言って、持ってきた自分のCDを差し出した。

だが、大竹はズボンのポケットに手を突っ込み、それを受け取らなかった。背中を丸め、無表情に小枝子を覗き込んだ大竹は、さっと向きを変えると、塀際につややかな緑の葉を広げていたギボウシを蹴って飛沫《しぶき》を散らし、霧雨の中をだるそうに去っていった。

あれから雨は一晩中降り続き、小蔵屋の窓から見上げる丘陵の観音も白く煙っている。

大竹の代わりに草がもらってきたCDをかけると、朝の店内に、清瀬小枝子の瑞々しく深いピアノの音が流れた。

草がコーヒーを落とす用意をし始めると、寺田が荷物を抱えて入ってきた。

「おはよう。色々騒がせちゃって悪かったね。昨日は寝る頃になって腹が立ってきて、あいつが望んでしたことなんだから、放って置けばよかったと思ったよ。馬鹿馬鹿しい」

口とは裏腹にすっきりしている寺田の顔を見て、草は久実と視線を合わせて微笑んだ。奥の倉庫に荷物を持って入った寺田は、声を響かせた。

「あいつは昔から、わからないやつだったんだよ」

ドリッパーの中で、コーヒーのきめ細かな泡が沈んでいく。そこへ、草はまた湯を注ぎ込み膨らます。

「でも最初の八万円、真っ先に寺田さんのところに持ってきたじゃないの」

草が大声で言うと、釣り銭を用意していた久実も、倉庫にいる寺田に向けて声を張った。

「そうそう、不審者に間違えられながらも、ずっと待ってた」

まあな、と寺田は答え、口をへの字にして奥から戻ってきた。

「お草さん、今日はコーヒーはいいや」

久実は店を出ていく寺田を目で追い、肩をすくめる。

引戸のガラス越しに、寺田が雨を仰いでからトラックに乗り込む様子を見ながら、睡眠不足の草はあくびをした。

昨夜杜夫が、母を宮崎へ連れて行く決心をした、ついては近々説得に行くので協力をしてほしい、と電話してきた。近所で、ひとり暮らしの老人が仏壇の蠟燭で火事を出し、隣家まで全焼、老人を含む三名が死亡したのを目の当たりにして、もう先延ばしにはできないと思ったそうだ。

草には、断る理由が思い浮かばなかった。

昼食を由紀乃と一緒に取ろうと、いつもより早く、河原の祠とそこから仰ぐ観音、三つ辻の地蔵を参る日課を済ませて、鶏団子のスープを煮てあった。

由紀乃が大竹の件を聞けば、自分の目撃情報が役に立った、と顔をほころばせるだろうと想像して、草は沈み込みそうになる気持ちを慰めた。

萩を揺らす雨

1

四条から縄手通を上る老舗の鰻屋で、杉浦草《そう》は鰻丼《うなどん》を頬張りながら、まぶしい八月の光を見つめた。冷房の効いた土間の店舗はひんやりと涼しくて、長襦袢《ながじゅばん》の内にこもった汗もすっかり引いている。

十六日の送り火を過ぎても、京都は暑く、老いた身には少々きつい。それでも、うんざりというわけでもない。草の暮らす街も年に氷点下から四十度くらいまでの温度差があって慣れているし、なにより草は夏が好きだった。

今朝、始発の上越新幹線で出発して、昼前には京都駅に着いた。急用とはいえ、盆の夏季休業が明けたばかりだったので小蔵屋《こくらや》を休むわけにもいかず、久実に任せて出かけてきた。午後には喪服に着替えて葬儀に出席し、その後さらにひとつ気の重い用事がある。

それもこれも、昨日突然連絡してきた大谷清治《せいじ》のせいだった。戦《いくさ》の前にまず鰻、そんなつもりでこの店の格子戸を開けた。予定通り明日には帰れるかどうか、そんな心配を最後の鰻の一切れにのせて咀嚼する。

浅葱《あさぎ》色の絽《ろ》に包んだ痩せた体を伸ばし、気分を切りかえようと冷たい麦茶を流し込んでみる。

そして、上越新幹線の本庄あたりで降っていた土砂降りの雨を、草は思い出していた。

2

六年振りの大谷の電話に、草はちょっと驚いて右手を胸に当てた。

「お草さん、すぐ来てくれないか」

砂色の地に細い線の入った小千谷縮《おぢやちぢみ》に白い割烹着姿の草は、漆喰の壁を見つめながら、わかりました、と小さく返事をして受話器を置いた。盆の窪にまとめた髪から小振りのべっ甲の櫛を抜いて白髪をなでつけ、襟元を直す。

客側からは見えないカウンター裏のパソコンに目を遣って、これでは仕事上のEメールのほうがまだ愛想があると、草はため息をついた。それでも、大谷の短い言葉で多くを理解する。与党の要職を歴任した幼馴染みの大谷清治が東京から本家に戻っていること、おそらく一時間と時間がないこと、大谷の妻が留守であること、それから頼み事は、大谷の愛人に関するものだということとも。

カウンターの若い夫婦へ、草は小振りのグラスに氷をひとつ浮かべた水出しのアイスコーヒーを差し出す。夏季休業明けの今日も、コーヒーの試飲に訪れる客は多い。カウンターにもうひとり、楕円のテーブルにも幾人かくつろいでいる。普段の午後は主婦が集まるが、まだ盆休み中らしい中高年の男性客が多く、古民家風の店内は静かだ。やかましいパーソナリティーに代わった地元のＦＭを切って、草は静かなピアノ曲のＣＤに変えた。

ケースを覗き込んでコーヒー豆の残量をチェックしている久実に、草は声をかける。体力自慢の久実だが、店の隅々にまで気を配るのも忘れない。

「久実ちゃん、小一時間出かけるけど、お願いできる？」

「はい、いってらっしゃい。暑いですよ、外」

「まったくね」

久実のはっきりと明るい返事に勢いをもらって、草は小走りに奥へ入った。

店の奥が草の自宅になっている。麻の日傘を居間の上がり端に用意して、隣の和室に行く。少しよそゆきにしたくて、さっと紗の博多八寸帯に替えようと、草は姿見の覆いをはね上げ、帯締めを外し、動きやすいヤの字に締めた縞の半幅帯《はんはばおび》をほどき始めた。長襦袢は着ているので、帯をお太鼓にすればきちんとした印象になる。

しかし、伊達締めだけになったところで、はたと草は手を止めた。

——馬鹿馬鹿しい。

草は姿見に映る痩せた老婆が憎らしくなって、鏡に向かって、いーっと顔をくしゃくしゃにした。子供が喧嘩相手にやるあの表情も、この年ではかわいらしくもなんともなく、染みと皺だらけの、丸めた紙くずのような顔が映るだけだった。草はため息をつき、半端に皺の入ってしまった最初の帯を諦めて、簞笥から別の半幅帯を取り出した。淡い藍の市松織りで、長年使っているから大谷の前でも締めたかもしれない。

老婆でも、きちんとして会いたい男はいる。草自身が、年甲斐もないと思いもするので、小さい頃から近所で、一番仲の良かった由紀乃にすら話したことはない。進行する病によって、ひとり暮らしに限界を認めざるを得なかった親友は、とうとう宮崎の息子に引き取られた。おそらく、もう打ち明ける機会もないだろう。

思い浮かべた由紀乃の優しい丸顔が、草を冷静にさせた。

仮によそゆきの帯を締めて外に一歩出たとしても、落ち着かなくてすぐ引き返し、同じことをする羽目になる気がした。草は半幅帯を飾り気のないヤの字に締め、帯締めを結び、姿見に映して、ぽんと腰を叩いた。その時には、日傘をやめて、いつもの晴雨兼用にしている男物の黒い蝙蝠傘にしようと決めていた。

小蔵屋のある紅雲町《こううんちょう》は、二十四万人が暮らす市の市街地に近く、大きな白い観音像が立つ丘陵と幅の広い川の間に位置する地域で、大谷の本家もこの町内にあり小蔵屋から歩いて十分ほどで着く。草はこの年になっても、毎朝、祠と丘陵の観音に手を合わせるために河原へ、それから地蔵に参るので三つ辻へと回る。だから歩くのはあまり苦ではない。

住宅地の道路に逃げ水がゆらめき、アスファルトや路肩の車に夏の日が乱反射する中、蝙蝠傘の影を踏みながら、草は早足に歩く。

大谷に呼ばれて気が急《せ》くのに、この夏の道が引き伸ばされてほしいと一瞬思う。よそゆきにしようと帯をあれこれしたのも、案外無意識の時間稼ぎなのかもしれなかった。会ったところで、互いの近況を語り合う間もなく、大谷が思い続けてきた女の話になるのはわかっている。

草は大谷の広い家の裏に回って、古い木戸をくぐった。代々繊維問屋だった大谷家は半分以上の土地を運送会社や住宅メーカーに売ったが、それでも敷地はあきれるほど広く白い塀がぐるりと囲んでいるので、時々寺と見間違う者もある。

手入れの行き届いた庭の飛び石を渡っていくと、ワイシャツにスラックス姿の大谷は縁側で胡座《あぐら》をかいていた。背が高くがっちりとしていた体も、会わなかった間にまたひと回りしぼんで、染めるのをやめた髪は真白い。大谷には脂ぎった政治家の雰囲気はなく、銀縁の眼鏡をかけた面長の顔は教壇か、書棚に囲まれた書斎が似合う。人払いは済んでいるらしく静かで、盆に麦茶がふたつ出ていた。蟬の声がうるさいほど降っている。

「お草さん、悪いね。この暑いのに」

「暑くったって、寒くったって、清ちゃんじゃしかたないでしょ」

縁側に蝙蝠傘を立てかけて、草は腰掛けた。緑色の池を囲む木々や背の低い草木が、連日の猛暑にうなだれ気味で白っぽい。

「前の時は大雪だったんだよなあ」

微笑んで大谷が言う。おかげであの時は、よそゆきどころではなく綿入りの作務衣に長靴だったのだと怒りたいところだが、草は笑うだけにする。ご無沙汰でしたねでも、お元気でしたかでもない会話で、会う前の落ち着かない気分は消えていた。

座敷にある籐製の座椅子の背にネクタイが垂れている。大谷はすぐに選挙事務所へ戻るのだろう。

引退したはずの大谷は、先月末の衆議院解散を受けて行われる総選挙に、無所属での立候補を表明した。解散の原因は改革の是非をめぐる与党の内部分裂で、かつて比例名簿の上位だった大谷は現首相の政策に我慢ならずに、首相の側近で内閣官房長官の佐久間寛三と戦う道を選んだ。結果、この三区は全国の注目を集めている。草はニュースでそれを知り、ひどく驚いた。報道陣に囲まれた大谷が、浴びせられる問いに短く淡々と答えながら車に乗り込む映像が、テレビに繰り返し流れていた。

　蟬たちが息継ぎでもしたように静まった。

「昨日、鈴子《すずこ》が死んだそうだ。代わりに明日、京都まで葬儀に行ってくれないか」

　遠くにヘリコプターの音がする。また蟬が鳴き始めた。草は大谷の細い目を見つめて瞬きをした。大谷の愛人は以前この街にあった老舗料亭「銀扇」の長女鈴子で、まだ五十を過ぎたばかりのはずだ。

「亡くなったって、どういうことなの」

「心筋梗塞と聞いた。デパートで買い物中に倒れて、救急車で病院に運ばれたが間に合わなかったらしい。心臓が悪かったわけでもないのにな。妹の芙貴子《ふきこ》さんが昨夜連絡をくれた」

　芙貴子は鈴子の一番下の妹で、結婚して大阪にいる。鈴子は、妻子ある大谷との仲を猛烈に反対した両親に見合いを勧められて、染矢《そめや》という男性と結婚し、以来京都に住んでいた。家族の中でただひとり鈴子の味方だった芙貴子は、不本意な結婚をした鈴子を支え続けた。

　だが、草は大谷に頼まれて鈴子と会うことはあっても、同じ町内ながら昔から鈴子の実家とは特に縁がなく、芙貴子とも付き合いはなかった。

「これを」

大谷は白い封筒と、銀の水引のついた厚い香典袋を縁側に置いた。封筒には葬儀の場所や時間が記され、草の旅費が入っている。大谷は、名前の書かれていない香典袋には草の名を入れてほしいと付け加えた。

「わたしの代わりに、骨を拾ってやってくれないか。それから、清史《きよふみ》に東京へ来るように説得してもらいたい」

何も言ってやりようはなく、黙って草はうなずいた。

鈴子は大谷の子を身籠ったまま嫁ぎ、夫の子として清史を育てた。この事実を知っているのは、鈴子、清史、大谷、草のたった四人だけだ。染矢は真実を知らされないまま清史が十三の時に亡くなり、その直後、鈴子は息子に本当の父親を教えたらしい。

草が鈴子から聞いた範囲では、京都に嫁いで以降ふたりは会っていなかったようだった。代議士の大谷に醜聞は禁物だったし、鈴子も静かな生活を願った。子供の誕生、夫の死、今回の鈴子本人の死など節目節目の芙貴子から大谷への連絡と、大谷から草を通じての鈴子への心遣い、これだけがふたりの接点だった。

だから、大谷は自分の子である清史にも会ったことはない。もし会っていたなら、大谷は息子を東京へ呼びたがりはしなかったかもしれないと草は思ったが、ここで清史について詳しく話すのはためらわれた。大谷の心労が増すだけだからだ。

「京都も暑いだろうね」

横顔の大谷は、ただ入道雲の湧き上がる青い空を見ていた。

草は大谷に心を残したまま、裏木戸を出た。小蔵屋に戻るまでに何度か炎天下に立ち止まり、鈴子さんが亡くなった、と頭の中で繰り返してみたが、空っぽの胸の中にそれはからころと転がるばかりで、一向に収まりがつかない。

店に帰り着いても、草はつい久実の話にも上の空になってしまい、流しでグラスをひとつ割った。次第に胸の空洞には、沁み出してきた様々な感情が溜まっていった。

草は布団に入っても寝付けず、闇を見つめていると、二十年前の春、三代続けてきたまだ古い雑貨屋だった小蔵屋に、大谷がたったひとりで訪ねてきた夜が思い出された。大谷は九十三歳まで生きた養父を見送り、与党最大派閥の幹部になった時期だった。

閉店後に戸を叩いた大谷は、本家から歩いてきた、と薄手のカーディガンに雨粒をつけたまま居間に上がった。

「おじさんとおばさんに、お線香を上げさせてもらおうかと思ってさ」

「そう。忙しいのにありがとう」

仏壇に手を合わせてくれた大谷に、草は丁寧に豆を挽いて自慢のコーヒーを入れた。

「やっぱりうまいなあ、お草さんのコーヒーは」

「豆が違うのよ。最近は知り合い経由で、いいコーヒー豆を大量に仕入れている社長さんから直接分けてもらっているの」

「喫茶店がやれるよ」

「そうかしら」

たまに寄る大谷がこうしてコーヒーの味をほめてくれると、草はとてもうれしかった。

「実はそんな気がなくもないの。生きているうちに、好きなことをやってみたいじゃない」

「お草さんは度胸がいいからな」

「そう？ まあ、わたしはひとりだし、何をなくしても恐くないもの」

草が言うと、大谷は視線を宙に浮かせて急に黙った。

「どうかした？」

「いや、今夜、他でも同じことを言われたんだ」

大谷はコーヒーに映る光に目を落として、つぶやいた。

「なあ、お草さん。欲しいからって手を伸ばしたら……今まで抱えてきたものは、こぼれ落ちてしまうものかな」

誰かはわからないが、大谷が妻以外の女について話していると、草は気付いていた。

だが、草はコーヒーの話に戻し、もうひとつの趣味である器の話なども聞かせた。大谷の言葉は返事を期待していないふうに響いたし、どうしてか草自身の心がざわついてしまったからだ。しゃべっているうちに、草は自分の中にあるはずのないものを見つけてあわてて覆い隠した。

大谷は草の差し出した傘を断って、小雨の中を本家に戻っていった。その背中を見送ったあとも、しばらく草は黒い傘を手に戸口に立って、大谷の姿が消えた夜道を眺めていた。

八か月後、大谷から具体的に鈴子のことを聞き、引き離されることになった彼女への連絡係を頼まれる時まで、草は知らぬ間に育っていた大谷への思慕を持て余し続けた。あふれてくる色々な思いは、草の眠りを繰り返し邪魔した。京都行きの朝を寝不足で迎えた草は、夜明け前に身支度を整え始めた。

曇り空の下で乗り込んだ新幹線は、しばらくすると土砂降りの中を走っていた。見下ろす田畑に暗く叩きつける雨を、草は見つめる。鈴子の死と、大谷の横顔と、これで大谷と自分をつなぐものはなくなるかもしれないという予感をないまぜにした草の胸を、激しい雨足がなぐさめた。

3

銀閣寺近くの小さな寺で葬儀を済ませ、火葬場で骨になった鈴子を囲んだのは十五、六人というところだ。鈴子の両親は来ていない。人の話では、母親はショックで体調を崩し、父親も入院中ということだった。

草は誰とも話しづらい立場なので、ひとりでタクシーに乗りここまで来た。火葬が始まって係員が皆を待合の部屋に誘導する中、泣きはらした芙貴子が寄ってきた。芙貴子とは初対面だが、彼女は草に声をかけてきた。六年前、夫に先立たれた鈴子は、丸太町通に面した比較的新しい骨董店に勤め始めた。芙貴子の言葉の端々から、鈴子は草がその骨董店の常連で、同郷であることから親しくなったと話していたらしいとわかった。鈴子は芙貴子に、清史が大谷の子であることも、草が大谷から頼まれては会いに来ていたことも隠していた。両親と姉と大谷の間で神経を磨り減らしてきた妹には、もう負担をかけたくなかったのだろう。

芙貴子は涙声で言った。

「あの日、草さんにいただいたハンドバッグを提げていたんです。薄い緑の地に手刺繡の」

十九年前、草が大谷に頼まれて、清史の誕生祝いの産着と一緒に選んだ品だった。鈴子は夫の死後、草の前でそのハンドバッグを膝に置き、初めて使いました、となでた。

小柄で女らしい曲線を持った鈴子の体は、白いきれいな骨になっていた。草が見知らぬ女性と長い箸でつまんだ篠竹に似た部分は、手の指らしかった。鈴子はその死の間際、大谷の手の代わりにハンドバッグの取っ手を握っていたのかもしれない。

草は骨の上に白いハンカチを落とした。

鈴子に謝るように頭を下げて、草はあわてずにハンカチを手にした。老人の不注意なふるまいに足を止めた人たちは、また静かに拾い上げられていく骨に集中する。

草は遺影の傍らに立っている親族に目礼した。もちろん清史もいた。目は合わせたものの中学生の時にちょっと会ったのが最後だから、清史は草がわからないようだった。春に高校を卒業した清史は親族の誰よりも背が高く、長めの前髪を垂らしているのを除けば、草が見るところ真面目で勉強熱心だった大谷の若い頃にそっくりだった。

あれは、大谷がまだ吉田清治だった頃のことだ。

「うちと普通に付き合ってくれるのは、お草ちゃんのところだけだよ」

学校帰りに後ろから追いついてきた小さな清治は、ぽつんと言った。まだ草の肩くらいしか背がなく丸坊主で、一枚しかないつぎはぎだらけの服を着て、また誰かに殴られたらしく額の傷に血が滲んでいた。

吉田家は母親と長男の清治、ふたりの弟の四人家族で、貧困を窮めていた上に、母親が男にだらしないので周囲に嫌われた。草の両親は子供たちが不憫だとよく食べ物を届けたり、様子を見に行ったりしていて、小さい弟たちにまず先に食べさせる清治をいつも誉めた。草も清治がいじめられるのは、彼の甲ばかり並ぶ通信簿と、殴られても蹴られても絶対に言いなりにならない芯の強さを妬《ねた》まれているからだと知っていた。

清治が十代半ばの頃、母親が大谷家の取り壊し中だった外塀の下敷きになって死んだ。弟たちは遠方の親戚に引き取られ、長男の清治だけが跡取りのなかった大谷家に養子に入った。事故の責任を取ったというのが表向きの理由だったが、信じる者は少なかった。当時、大谷家は幼い娘三人のあとに、やっと男の子ができたものの死産で、妻は子の産めない体になっていた。五十歳を超えても後継者がなく焦った当主は、折り合いの悪かった親族に後継ぎについて口出しさせないために、優秀な清治を必要としたらしい。

進学のために大谷が東京に出てからは、二十年近く会わない時期があったものの、それでも会えば気の置けない幼馴染みだった。後に代議士になっても大谷は選挙運動の協力を求めてこないし、草も代議士としての大谷を利用するような頼み事はしないというのが、ふたりの暗黙の了解だった。そうした関係だからこそ、大谷は鈴子のことを草に頼ったのかもしれない。

息子の清史のほうは、貧困に耐えて苦学した父親とは違って、ひと癖もふた癖もある。夫を失った鈴子に多額の養育費を届けた時にいろいろ聞いたが、それを草は大谷に伝えてはいなかった。

4

翌朝十時、草は古木がゆったりと太い枝を広げている青蓮院前を歩き、その近所にある四階建てのマンションに清史を訪ねた。初めて来たが、鈍色《にびいろ》の瓦屋根は周囲の落ち着いた景観によく溶け込んでいて、いかにも古都にふさわしい和風の造りだ。

この一〇六号室が、染矢鈴子と清史の自宅になる。鈴子は夫が亡くなってすぐに住んでいた一軒家を処分し、このマンションを購入した。鈴子にとっては、打ち明けられない秘密を抱えたままだった苦しい結婚生活に、終止符を打つ儀式だったのかもしれない。

草は石敷のエントランスで、インターホンに向かって部屋番号を押したが応答はない。そこで、いつもなら首に紐でかけている携帯電話を黒いハンドバッグから出して、染矢家の固定電話にかけてみたが、やはりつながらなかった。

「まったく、どうしちゃったのかしら」

やはり昨日のうちに清史を捕まえて話しておけば良かったと、草はため息をついた。何も葬儀の日でなくても、と遠慮し、芙貴子や他の人に聞かれてもならないなどと考えたのが失敗だった。相手は授業をさぼっては、年齢を偽って彫刻家の裸体モデルや酒を出す店でのアルバイトをやったり、東京への修学旅行中に行方不明になったりと、散々母親を悩ませた困り者なのだ。葬式の翌日だから家にじっとしていると思うほうが間違いだった。

買い物袋を提げて帰ってきた住人のあとについて草は中に入り、ガラスの向こうが坪庭になっている小さなエントランスホールのソファに腰を下ろして、昼まで待ってみるつもりで正面玄関を見据えた。その時、木製の自動ドアが開いて、意外にも清史が外から帰ってきたのだった。

「――ってさあ、なんやそれ」

ドアが開いた途端、清史の上機嫌な声が響いた。

草はソファから思わず腰を浮かした。清史はひとりではなかった。その長い腕を回して、露出度の高い下着のようなワンピースを着た年上の女を抱えてのご帰館だ。清史が身につけている黒真珠色のてらてらとした光沢のあるシャツや、革紐と銀の十字のネックレスが、あきれるほど女の派手さに合っている。夜通し遊んだ男が店の女と帰ってきた、そんな様子だった。

「清史ったら、飲み過ぎやわ」

女は甘えた声を出して、足元のおぼつかない清史の顔を両手で挟み、自分の顔を近付けた。やめぇ、と清史は迫る女から逃れようとしたが、相手は離れない。草があきれて声をかけようとした時だった。

「やめゆうてるやろ！」

突然、清史が怒鳴り、女を力一杯突き飛ばした。床に尻餅をついた女は、目をぱちくりさせて声もなく清史を見上げた。清史は長い右腕を伸ばして外を指差した。

「トイレ貸してほしいんやないなら、帰り！」

女は腰をさすりながら立ち上がって、決まりの悪そうな顔をしながらマンションを出て行った。清史は未成年で深酒はしても女にだらしがないわけではなさそうだと、草は妙な安心をして近寄った。そして、黒いハンドバッグから数珠を出し、息を荒らげている清史の鼻先にそれを突き出してやった。

「お線香を上げさせてください」

渋い顔をしたまま数珠に寄り目になった清史は、ゆっくり草の腕から顔へ視線を寄越した。大谷によく似た細い目をさらに細めて、誰だっけ、という表情だ。

「どなたはん？」

ひどく酒がにおって、思わず草は息を止めた。

「鈴子さんと親しくしていました、杉浦草です。お、お父さんと、も、ね」

清史の眉間がさっと開いた。草の存在を思い出したらしい。

「ああ、昨日はどうも。でも、線香って言われてもなあ。部屋であれ焚かれるのは苦手なんで勘弁してくださいよ」

京都なまりの関東弁で、清史が答えた。これにはさすがに、草もため息が漏れた。大谷は息子がどんなふうか知らないから近くに置こうなどと考えるのだと、草はつくづく思った。このまま帰って包み隠さず報告するべきかと、諦め半分で言葉を足してみた。

「あなたにも話があるんです」

明らかに清史は面倒くさいという顔をしてから、大口を開けて長い顔をさらに長くしてあくびをした。

「じゃあ、午後にしましょうよ、午後。あらためて連絡しますから」

断ってくれればよかったのにと思いながら、草はハンドバッグから自分の名刺を出して渡した。

「そこにある携帯に電話してちょうだい」

「へぇー、携帯使えるの。尊敬しちゃうなあ」

名刺と草を見比べた清史にあきれ果てて、草がそのままマンションを出ようとドアまで行くと、擦れ違いに軽装の男がふたり入ってきて、清史に近付いた。ひとりは背の低い五十前後、もうひとりは痩身でまだ若い。

まさかサラ金の取り立てではあるまい。鈴子もあの息子を残して突然逝かなければならなかったのだから、どんなに心残りだったことか。

そう思いながら、草は曇り空で蒸し暑いマンションの外に立った。木製の自動ドアの脇にあるはめ殺しのガラスから覗いてみると、清史は先頭に立って、ふたりの男を部屋に案内して歩いていく。なぜか、あのだらしない酔いは消えて、清史はとても未成年には見えない引き締まった顔をしていた。

京都市役所近くのホテルに戻り、午後二時頃、草が部屋の電話で久実に小蔵屋の様子を聞いていると、携帯電話に来なくてもよかった連絡が入り、一時間後に清史と待ち合わせる約束をした。念のためにホテルは二晩とってはあったが、これなら今夜中には帰宅できそうだと、草は荷物をまとめておいた。

清史が指定した待ち合わせ場所は、高瀬川を下って三条通を行った辺りの喫茶店だった。清史は移動中なのか、電波の状態がよくなかった。外出していて、そこから近い場所を選んだのかもしれない。

またまぶしい日差しが戻ってきたので、草は麻の日傘をさして広い御池通を渡り、高瀬川沿いの木屋町通を行く。葉を茂らせた桜並木の歩道を選んで、日傘をたたみ、木陰から夏の街を眺めて歩く。

街中を流れる右手の高瀬川は、川幅が狭く水量も川底を覆う程度で、側面の石垣は乾いていた。せせらぎの所々に草が茂り、並木やその足元の緑が川に向かって枝を伸ばして揺れている。さほど広くもない道路の左側には飲食店などが立ち並ぶが、通る人も車もまばらで、高瀬川に下りて清掃作業をする五、六人のグループを通り越しても、彼らの声がしばらく草の耳に届いていた。

三条通に出ると、そこにもボランティアなのかピンク色のユニホームを着てごみ袋を持った人たちが、ぞろぞろと三条大橋の方に向かって歩いていた。

　草はまた日傘を広げ、高瀬川にかかる三条小橋を斜めに渡ったが、目の前を走って通り過ぎた若い女の子たちにぶつかり、運悪く傘を川に落としてしまった。草があわてて川を覗き込むと、傘は右端の堆積した土砂にひっかかって、柄を上にして皿のように生《き》成《な》り色をさらしていた。

　普段なら約束の時間に遅れるのは大嫌いな草も、清史を待たせるのは余り気にならず、むしろあの清史のせいで傘を落としてしまったような気分にさえなって、ちょうど傘を拾えそうな飲食店に入ってみることにした。

　橋を渡り切ったところから、踏みはずさないよう注意して階段を下り、その店のテラスに立った。川に面して置かれた三つのテーブルには誰もいない。外壁に吊るしてあるメニューからすると、軽食と喫茶、それから軽く酒も飲める若い人向けの店らしかった。テラスから日傘との距離を目測してみたものの、長い棒がなければ届きそうもない。

　そこで草はテラスからガラスのドアを押し開けて、中にいた若い男の店員に事情を話した。動きよく、川に落ちた日傘を見に行ってきた店員は、

「ちょっとそこに座っていてください。すぐ取れますから」

と言って、草を涼しい店内の端に座らせ、奥からモップを持ってきてまた出て行った。

　間もなく店員がゆるくたたんだ日傘を手にドアを開けたので、草はテラスに戻った。

「大分泥で汚れちゃいましたけど」

「いえいえ、ありがとうございました」

　草の手に、泥で染みのできた傘がのせられた。そして店員は、これも一緒に拾った、と見覚えのない黒い携帯電話を見せた。

「あら、誰の物か知らないけれど、水に浸かっていたらだめでしょう」

「土が顔を出しているところに落ちていたから大丈夫みたいですよ。ほら、電源入ってるし。そのうち落とし主から電話があるかな、いや、やっぱり、あとで僕が交番に届け――」

　話の途中で、店内側からドアが開き、ふたりの女性客がテラスに出てきた。

「いらっしゃいませ。お好きなお席にどうぞ」

　店員はすばやく、一番向こうのテーブルを選んだ客を案内する。草はこれから向かう方に交番があるのを思い出して、小走りに戻ってきた店員に、傘を拾ってもらった礼のつもりで言った。

「忙しそうだから、よかったらわたしが交番に届けますよ」

　清史と会ってから交番に寄ることに決めて、草は店員から預かった黒い携帯電話をハンドバッグに入れると、気を付けて階段を上がり、三条通に戻った。誰か橋の下を覗き込んで携帯電話を探していないかと見渡してみても人は行き交うばかりで、欄干で足を止めているのは、地図と首っ引きで口喧嘩をしながらホテルを探している年配の夫婦くらいだ。

草は自分の宿泊しているホテルだったので口を挟んだ。

「そのホテルなら、この高瀬川沿いに行けばありますよ」

「そうですか。こりゃあ、助かりました。ありがとうございます」

手にしていたハンカチで禿げ上がった額の汗を拭いながら、太った夫が頭を下げる。夫の向こうにいた小柄でおしゃべり好きそうな妻も草に寄ってきた。

「あら、もしかしてそちらにお泊まりですか。言葉が京都じゃないもの」

「ええ、そうなんですよ」

甲高い声で続けてまだ話しかけようとする妻の腕を強く引いて、夫はもう一度草にお辞儀をすると川沿いの並木道に入っていった。

夫の背中はこの暑さと道に迷ったこと、それから誰彼かまわず話し込もうとする妻に苛立っているようだ。妻のほうは夫の機嫌など知らぬ素振りで、地図を団扇《うちわ》代わりにして街並みを眺めている。仲がいいのか悪いのかわからない、いかにも長年連れ添った夫婦だった。

自分の人生には結局最後までなかったものだと、草は彼らの後ろ姿を眺める。戯れに大谷と自分の背中を彼らに重ねてみても、像はぼやけてしまい、うまくいかなかった。

ふと視線を感じて下を見ると、さっきの店員がトレーを手に、こちらを仰ぎ見て微笑んでいた。どうも老夫婦に道案内をした草を眺めていたようだった。というより、親切な店員のことだから、きっと道に迷っている夫婦の声を気にして橋を見上げたのだろう。草は会釈して、待ち合わせの場所に向けて歩き出した。約束の時間を少し過ぎているので急いだ。

ところが三条通を少し行って下ったところで、目的の喫茶店にたどり着く前に、草は清史を通りに見つけた。

「いてーよ！」

Tシャツにジーンズというさっぱりした姿の清史が、同じような背格好の若い男に引きずられて、小さなビルの陰に入っていく。草はできるだけ足を速めてあとを追った。物音と怒声が続き、何かを責められているらしい清史が相手の男を「タカヒロ」と呼んでいるのだけは、草の耳にもはっきりと届いた。

草がビルと空き店舗の間を覗き込んだ時には、清史は男に殴られたらしく口元の血を拭っていて、草に気付いた男は草の脇をすり抜けて足早に去っていった。一見すると清史によく似ているが、切れ長の二重の目には余裕のないむき出しの鋭さがあって、思わず草は一歩身を引いた。

「どうしたっていうの」

走り去っていく男の背中から、立ち上がった清史に目を移して、草は言った。

「大人の事情さ」

前を見据えたままの清史は取り付く島もなく、去っていった男のように、草の前を通り過ぎた。追いかけたが、足の速い清史に追いつけるわけもなく、三条通でタクシーに乗って行ってしまったので、草も別のタクシーに乗り込んだ。


自宅まで追われて根負けしたのか、清史は草を招き入れた。

マンションは内装も和風で、料亭の娘だった鈴子らしい趣のある茶簞笥や夏野菜を描いた日本画の小品などが、渋色の板の間と障子のリビングによく合っている。南の窓は庭の青々とした植栽が一枚の絵のように切り取られていて、その正面のソファに座る草は清史が出してくれた冷たい緑茶で喉を湿してから、和室を背にして左側の椅子に座り腕組みをしている清史に言った。

「別に返事は今でなくてもいい。よく考えてから、わたしに電話をちょうだい」

草はここへ来るとすぐ、和室に置かれた線香のない鈴子の祭壇に手を合わせ、そのあと、台所にいた清史に向かって手短に大谷の意向を伝えた。気にならないではなかったが、すんなり清史が話すとも思えなかったので、喧嘩の理由である大人の事情は訊いていない。

庭のほうを見ている清史の目は、草の言葉を聞いているようにも、実の父親の申し出について考えているようにも見えず、さっきの出来事にずっと気を取られ続けているふうだ。黙って台所に立ち丁寧に緑茶を入れたり、高瀬川に落とした日傘の染みに気付いて叩いてくれたりする間も、清史は同じことを考えていたようで、その表情はいやに大人びていた。

清史は長い前髪をかきあげた。

「東京にはいかないよ。もう保護者が必要な年じゃない」

清史の肩越しに、鈴子の遺影が微笑んでいた。そうは言ってもまだ子供なんですと、草は鈴子に語りかけられているように感じた。

「寂しくない？」

小さく鼻で笑ってから清史は言った。

「親のないやつなんていくらでもいる。その中で、ある程度の金も住む場所もある俺はかなり幸せ者だと思うよ」

清史は東京へ行きそうにないと予想していたけれど、大谷をがっかりさせるかと思うと、草は気持ちが少ししぼんだ。

鈴子が大谷の子を宿したままひとりで京都へ旅立った朝にも、草は同じような思いをした。東京にいた大谷から前日に郵送されてきた手紙を持って、草は駅まで鈴子に会いに出かけた。結婚式の日取りが迫っていたが、妊娠に気付きながら染矢に嫁ごうとする鈴子を、大谷は必死で思いとどまらせようとしていた。

以前は両親からどんな妨害を受けても大谷と会っていた鈴子も、染矢との結婚を承諾していたこの頃には、大谷からの連絡を一切拒絶した。大谷は次期首相の呼び声が高くなっていたから、鈴子なりに好きな男を守ろうとしたのだろう。大阪の芙貴子を介しても鈴子に連絡がつかなくなった大谷は、いよいよ草を頼るしかなくなっていた。

妊娠しているというのに鈴子はあたたかな待合室でなく、真冬のホームにキャメルのロングコートを着て、背筋を伸ばして立っていた。草には鈴子のその姿が、たとえ望まない結婚をしても子供と生きていくという決心そのものに思えて、もう何をしても止められないと感じたものだ。

案の定、草が封書を差し出しても、鈴子は首を横に振って受け取りもしなかった。草は無理強いをせずに、懐に手紙をしまった。大谷の落胆を思うと胸が痛んだ。

「あの人も、そんな表情をするのでしょうね」

はっとして草が顔を上げると、鈴子は寂しげに微笑んでいた。鈴子に会うのはこの日が二度目だったが、草は自分の心の底にある大谷への思いに気付かれたかもしれないと思った。

その後、大谷に頼まれた時に会うだけのとぎれとぎれの関係でも、いつも鈴子は草に会って話すうちに安らいだ雰囲気になっていった。考えてみれば、実の妹である芙貴子にさえ隠し事をしていたのだ。すべてを知っていて、同じ男に似たような思いを抱いている草の前だけしか、鈴子には本当の自分になれる場所はなかったのかもしれない。

インターホンが鳴って、清史は玄関に出て行った。また男ともめている声が、リビングまで届いてくる。男にしては高い声で、さっき清史を殴ったタカヒロという男ではなさそうだった。

トラブルだらけで並みの未成年の生活ではなさそうだが、あの朝帰りからは想像できない、きちんと整えられた部屋や、緑茶を入れる手馴れた姿を見せられると、草は清史という人間を大人として尊重しなければならない気分になっていった。

ハンドバッグの中から携帯電話の着信音が流れた。草はハンドバッグを開け、自分の携帯電話を見てみたが、鳴ったのは、交番に届けるのをすっかり忘れていた落とし物のほうの携帯電話だった。持ち主かもしれないので出ようと思っても、電話の出方がわからない。普通の折りたたみ式とは違うようだ。長いコールを聞きながら、どうしたらいいのかと両手で電話機を捏ねくり回しているうちに、電話は切れてしまった。

そう言えば、さっきタクシーを降りる時にも二度ほど短く着信音を聞いた気がしたが、自分の携帯電話に着信のメッセージがなかったので空耳かと思い、そのままにしてしまった。黒い携帯電話の持ち主が何度か電話をしているのだろう。

草はともかく交番に届けようと、携帯電話を袂に入れて腰を上げた。代議士に復帰しようという大谷にとっても清史とは距離を置いたほうがいいようにも思え、これ以上の長居は無用と考えた。立って着崩れを直したわずかな間にも、また袂で携帯電話が短く鳴って切れた。

廊下に出ると、まだ言い争う低い声がしているので、草は玄関が見える前に曲がり角の陰から、

「おじゃまさま、帰りますよ。お茶と、日傘の染み抜きをありがとうね」

と、わざと声を張り上げた。一瞬、静かになった。

玄関には清史と背が低く肉付きのいい男が向かい合っていたが、草はかまわずに草履を履いた。男は眼鏡をかけていて、近付きたくない種類の目つきの悪さで草を一瞥して、背にしていたドアから一歩横にずれながら、また清史に食ってかかった。

「鳴ってるんだよ、嘘つくんじゃねえ」

男は関東のイントネーションだった。眼鏡の男は清史を睨みながら、自分の携帯電話を耳に当てる。険悪な空気に、草は眉をひそめながらドアを開けた。すると、袂に入れた携帯電話がまた鳴り出した。しかし、廊下に出た草はマンションの内廊下に響く着信音をほったらかしにして歩くしかない。

この音に驚いたのか、後ろで玄関の開く音がして、振り返ると清史がなんともいえな

い不思議そうな顔をこちらに向けていた。草が鳴り響く袂を胸に引き寄せた時には、電話を耳に当てた眼鏡の男まで顔を出した。電話はまた切れ、十秒もしないうちにまた鳴っては切れる。決まりが悪くなった草は、後ろも見ずにマンションをあとにした。

道に出てすぐ、運良くタクシーを止めた時にも、また袂が短く鳴った。

その後は、あっという間の出来事だった。タクシーに乗り込もうとした草は、ハンドバッグを引ったくられたのだ。声も出なかった。ハンドバッグを持って走り去ったのは、あの眼鏡の男。二十メートルほど走って角を曲がり消えた。呆然とする草の傍らには、息を切らした清史が立っていた。

「お客さん、乗られませんか」

何も気が付かなかったのか、タクシーの中から運転手の呑気《のんき》な声がした。

高校を出たばかりのくせに清史はもう何年も運転してきた手付きで、草を助手席に乗せたシルバーグレーのセダンを走らせ、ホテル前で客が乗降している二台のタクシーの後ろにつけた。清史は地下の駐車場に車を置いてくるというので、草は部屋番号を伝えて先にホテルに入った。

草のハンドバッグを盗った男は小田といった。清史はバッグを奪われて呆気に取られていた草をマンションに連れ戻し、すぐにクレジット会社や銀行などにカード紛失の連絡をして、さらなる金銭的被害を受けないようにしてくれた。落ち着いたものだった。紛失にとどめて警察には届けないでくれと清史が草に頭を下げたのは、事を大きくしたくない理由が何かあるからに違いなかった。

小田が欲しかったのは黒い携帯電話だ、と清史は言い、携帯電話を預かって小田にハンドバッグを返すよう交渉するつもりでいた。しかし、清史が相手では話がこじれてしまいかねないから、人目が多くて安全なホテルに自分で小田を呼び出すと、草は提案した。そして、初めて事の次第を訊ねてみた。清史はうなずいたものの、まだ何も語っていなかった。

フロントでルームキーを受け取ると、草は数人の客とエレベーターに乗り十二階のボタンを押した。エレベーターが上昇する。

どう考えてもまともな話ではない。清史は品行方正とは言い難いが、案外その行動は常識的だ。むしろ同年代の子供っぽさがないことが不思議なくらいで、大人でさえうろたえる場面でも冷静に対処している。

心配なのは清史を取り巻く人間たちだった。暴力を振るっていたタカヒロ、ハンドバッグを盗った小田、それから午前中にマンションを訪ねてきたふたりの男。事によっては、清史を京都に置いておくわけにはいかなくなるかもしれない。清史が成人していれば意見するのも限界があるが、しっかりしていてもまだ未成年だ。

今は、清史を東京に呼び寄せようとしている大谷より、マンションで清史の肩越しに遺影となって微笑んでいた鈴子に対して強く責任を感じた。

草も母親の気持ちはよくわかる。ずいぶん昔に息子は幼いまま逝ってしまったが、それでも亡くした子を思わない日はない。だから、鈴子の魂も息子を案じているように感じられた。こんな危なげな状況に清史を残していくのは、あまりに無責任過ぎる。

考え込みながら絨毯《じゅうたん》敷きの長い廊下を進んで、草は部屋のドアを開けた。

その途端だった。

突然、草は背後から、ものすごい勢いで室内の壁に突き飛ばされた。左腕をひどく打ちつけ、床にうつぶせに倒れ込んだ。間髪いれずに後ろ手にされ、両手首を腰の上で動けないようにつかまれ、床に顔を押し付けられた。心臓は鷲づかみされたように縮み、喉は張り付いた。

「拾った携帯はどこだ」

男の声だった。バッグを奪った小田ではない。草は男の顔を見ようと、頭をなんとか上げようとしたが身動きは不可能だった。男に押さえつけられた体がきしむ。草はからからの喉にわずかな唾を飲み込み、声を絞り出した。

「ない」

「さっき、携帯を拾った店員から聞いたんだ。しらばっくれるな」

草は驚いた。

この男は携帯電話を追って、なぜか高瀬川であの店員に会い、このホテルまでたどり着いたのだ。老夫婦相手に宿泊先を口にしたのを、確かに店員は聞いてはいたが。

「バッグごと知らない男に盗られた」

男は舌打ちをし、草の頭を床に押し付けている手に一層力を入れてきた。直感的に草は体の下に入った袂の携帯電話は渡してはならないと思ったし、小田の名を出すのもためらわれた。黒い携帯電話が鳴り出さないことを必死で祈る。口を閉じることもできずに、草の左頰に冷たい唾液が伝った。

「背の低い眼鏡の男じゃなかったか」

「全然わからなかった」

悪態をつきながら男は草から離れ、部屋を出て行った。草は辛うじて、床に倒れたまま、清史に似た背の高い後ろ姿を見ただけだった。

窓の下に見える御池通を行く人の多くが傘をさしていない。黒い雲が垂れ込めて雷が遠く鳴っているものの、雨は傘が必要ない程度らしい。

清史の向かいの椅子に、草はどっこいしょと腰を下ろす。

「無理に立ったり座ったりしないで、横になったらいいのに」

「大したことはないよ。こういう時に年寄りは寝込んだら、余計にだめになるものなの」

駐車場から上がってきた清史は、チャイムに応じドアをやっと開けて倒れ込んだ草に驚いて駆け寄り、まず病院へ連れて行こうとした。しかし、草はやんわりとそれを断り、代わりにフロントに電話をして湿布を届けさせてほしいと頼んだ。打身で腫れた左腕には湿布を貼ったが、あとは幸い両膝に大きな、左頰に小さな青痣ができただけで済んでいた。

草が背の高い男だったと言うと、清史は自分がしでかしたことのような顔になり、ごめんなさい、と謝りうなだれた。鈴子の葬儀にも見せなかった涙が清史の目尻に光ったように見えたのは、草の気のせいだったのだろうか。

「こっちから電話しなくても小田は必ず連絡してくる。それまで休もう」

「そうだね。目的の電話はわたしが持っているんだから」

ハンドバッグの中には、草の宿泊先を示す手帳や朝食券が入っているから、小田は直接部屋にやってくるかもしれない。

「今度はコーヒーにしようか」

腰を浮かした清史が訊く。

「いただくわ。うちの店のほど、おいしくはないだろうけど」

「そういや、食器とコーヒーの店をやってるんだってね。前に母が言ってたよ」

コーヒーを入れてきた清史が、丸テーブルの向かいの椅子に座り直し、青ざめた顔をなでた。

「一体、この黒い携帯がなんだっていうの」

テーブルの中央に置いてある携帯電話を、草は指でつついた。

清史は話し出した。

携帯電話を高瀬川に捨てたのは清史だった。携帯電話の本当の持ち主は清史を殴った背の高い男、常木《つねき》孝広《たかひろ》だ。清史は孝広の車に乗っていて口論になり、携帯電話を持ち出して下車、三条通を走って逃げた。本当は鴨川に携帯電話を捨てて処分してしまいたかったが、三条大橋には人目があり過ぎた。

「だけど、どうして携帯を処分しなくちゃならないの？」

「これは重い携帯なんだ」

「重い携帯？」

草はテーブルの上の黒い携帯電話を持ち上げてみせたが、もちろん別の意味があるのはわかっている。

「この携帯には、ドラッグの顧客リストがぎっしり詰まってる。これを欲しがってるやつらは一千万出してでも買うよ」

良くない話だとは予想していた草も、さすがに深いため息が出た。

「別に俺が密売をやってるわけじゃない。東京周辺で、孝広と小田がコンビ組んで稼ぎまくってた。一緒に飯を食ったり酒を飲んだりしてはいたけど、俺は仕事仲間じゃない」

清史の瞬きは自然だ。嘘ではなさそうだった。

「そう、それならまだ聞きやすい話だね」

片頬で清史は力なく笑ってから、話を続けた。

常木孝広は中学時代の陸上部の先輩だという。現在、孝広には多額の借金がある。その借金を返済して、同時にドラッグの密売からも足を洗おうとした孝広が、小田に内緒で携帯電話を金に換えようと企んだ。孝広は携帯電話を持ったまま故郷の京都に逃げてきたが、小田も追ってきたのだった。それを孝広の口から聞いた清史は口論の挙句、携帯電話を奪った。

「孝広が携帯を売れば、また誰かが薬漬けでだめになっていく。あいつの罪は増すばかりなんだ。それに……」

白いコーヒーカップを見ていた清史は、ちらっと草を見て、また視線を落とした。赤の他人の年寄りにまで暴力を振るう孝広に失望しているようだった。

車で追ってきた孝広に持ち去った携帯電話のありかを聞かれて、川に捨ててしまったと言って殴られたと、清史は言う。

「鴨川に捨てたと言ったのに。孝広のやつ、俺が三条大橋をただ走り抜けるしかなかったのを見ていたのか」

清史は鴨川沿いの川端通を南下して三条通を過ぎた辺りで孝広の車を降り、三条大橋を草との待ち合わせの場所に向かって渡った。背の高い清史が後ろを気にしながら全力で走っていれば、それだけで行き交う人々の目を惹《ひ》く。その上、三条大橋にはバイクと車の接触事故でパトカーが停車し、ピンク色のTシャツを着たごみ収集のボランティアも集団で歩いていて、躊躇するうちに清史は鴨川を渡り切ってしまった。それを孝広が車から見たなら、当然三条通に沿って高瀬川を覗き込んでみるはずだ。結局、清史は人が少なくなった三条小橋で携帯電話を捨てている。

「でも、孝広はどうしてここまで」

「高瀬川沿いの店にいた親切な店員から、わたしのことを聞いたらしい」

清史と話すうちに、午後の出来事が整理できていく。

草が傘を落として高瀬川沿いの店の中にいたのが三時前後。同じ頃、清史は重い携帯を高瀬川へ捨てた。そして今度は、草がそれを持ち歩くことになる。清史を追ってきた孝広は鴨川に携帯電話を捨てたと聞かされ、その時点で接触してきた小田に嘘と知りながらそう伝えた。しかし、すぐに小田は水に沈んだはずの携帯電話にコールできることを確かめた。いぶかった小田はマンションに押しかけ、清史が金になる携帯電話を隠したと迫ったのだ。その場で小田が電話してみせると、帰ろうとする草から絶妙のタイミングで携帯電話の着信音が鳴り響いたので、清史は耳を疑ったという。

一方、孝広も当然、捨てられた携帯電話にコールして無事を確認していたはずだ。小田に諦めさせたつもりの孝広は、三条通沿いに携帯電話を探し始めた。三条小橋から高瀬川を覗き込んだか、それともあの店のテラスに下りたか。いずれにしても、あの店員はきっと自ら孝広に声をかけたに違いない。孝広は人のいい店員を脅してでも、自分では連絡を取りたくない交番に携帯電話が届いていないことを確かめさせ、終《しま》いには草の宿泊先を聞き出したのだろうと、容易に想像できる。

清史は長い前髪をかきあげた。

「借金なら、俺が代わりに返してやったのに」

確かに今の清史になら、鈴子の残したであろう生命保険金や財産を自由にできる。孝広が望めば、借金の肩代わりは可能なのかもしれない。清史は組み合わせた両手で顎を打ち続けていた。爪は次第に手の甲にめり込んでいく。清史は落ちていく先輩に耐えられず、孝広は慕われた後輩に借金をするようなみっともないまねはできないということらしかった。

しかし、なぜ清史の胸はこうも孝広で占められているのか……。早過ぎる母親の死を悲しんでいないわけはないだろうが、それにしても草には少し鈴子が気の毒に思われた。

「今朝マンションに来たふたりの男たちも、その手の仲間なの？」

草の質問をはぐらかすように、清史はテレビをつけた。清史は六時のニュースを見つめていても、別のことを考えているらしく、選挙運動中の大谷の姿にはまるで無反応だ。

思わず草は、清史の横顔とテレビに映る大谷とを見比べた。どこかのホールで大谷はマイクを手に演説をし、後方には淡い水色のスーツを着た大谷の妻が立っていた。控え目だが、代議士の伴侶にふさわしい落ち着きが感じられる。なにより政財界を支えている彼女の親族は大谷にはなくてはならない人脈だった。

鈴子と妻の両方を手放さなかった大谷を、草はずるいとは思わない。むしろ、双方を真面目に抱え続けた苦しさがわかっていた。だからこそ、鈴子のことを相談されて初めて気付いた自分の感情に目をつむってきた。

昔、仕事で京都に行く足で、大谷と東京駅で会ったことがある。確か、清史へ小学校の入学祝いを届けてほしいと連絡があった時だ。ステーションホテルのレストランで向かい合って座り、新幹線の発車時刻までの短い時間にふたりであれこれ話したはずだが、草は行き交う電車を窓から眺める寂しげな大谷の横顔しか覚えていない。大谷を忘れてしまったかのように自らはまったく連絡を取ろうとしない鈴子や、父親の顔も知らない清史に、大谷は新幹線に飛び乗って会いに行きたいのだろうと思うと、草は他愛のない世間話をするしかなかった。

テレビは、大谷が有権者と握手をする映像に切り替わった。

父親によく似た息子の横顔を見ていると、草は若い時分の大谷と並んで、未来を映し出す画面を見ているような気さえしてくる。

大谷がこれから妻を得て、代議士になり、鈴子と出会うのだとしたら、果たして自分は大谷に対して、鈴子を早々に諦めるように、あるいは清史を生《な》す前に別れろと言うだろうか。いや、きっと何も言わずに黙っているはずだ。自分自身も二十代で恋愛結婚に失敗して離婚、そして相手に残してきた幼い息子を亡くした。苦しい経験だったが、未来はこうなってしまうと若い時にいくら予言されたところで、あの恋愛感情は抑えられなかっただろうし、大体そんな話を信じはしないだろう。

誰もがどんな未来に続いているのかわからないまま、今、目の前の道を選んで歩くしかない。結婚にしろ、大谷のことにしろ、もう一度やり直せたとしても、同じ道を選んでしまうだろう。それなら、やはり大谷に友人以上の関係は望めない運命なのだ。

黒い携帯電話が鳴り響いた。

「またヤク中の客かな」

いままでに二件そういう電話があったが、草は清史に言われるがままに、営業中止と伝えて切った。どちらの声も久し振りにつながったと喜んでいて、若い明るい声に悪びれた様子はまったくなく、まるでピザの配達でも頼むような気軽さなのに、今になって草は驚いた。

清史が草に視線を寄越す。鳴り続ける電話を草は手に取った。孝広なら無言で切り、小田なら呼びつけ、客なら断る段取りだ。

「とにかくハンドバッグは取り返さなくちゃ」

草は携帯電話の表側を半回転させて開け通話状態にした。清史に教わってから、もう三度目なので慣れた。

正直に言えば、ハンドバッグの中身はたったひとつ以外は諦められるものばかりだった。その唯一の大切なもののだけのために、草は小田とまた会わなければならなかった。

相手が小田だと名乗ると、草はすぐ清史に向かってうなずいて合図した。小田の声が聞こえたらしく清史はもう身を乗り出していた。小田にしゃべらせずに、バッグを持って来るよう待ち合わせの場所と時間を指定して草が電話を切ると、清史が手を伸ばしてきて黒い携帯電話の電源を落とした。

「これが小田に戻れば、今度は孝広が小田を追う。もっとも、もう追ってるかもしれないけど」

「小田の目の前で叩き壊そうか」

清史は窓辺に立った。

「どうして、こんなに息の詰まるような状態になったのかな。出会った頃は、俺は孝広の前ならまともに呼吸ができたっていうのに」

草は、あの孝広という男と清史が学生服で肩を並べる姿を思い浮かべた。

「ふたりは背格好がよく似てる」

顔をこちらに向けて、清史が言う。

「気も合ったんだ。俺がしたいようにすると外野がうるさかったけど、孝広だけは平然としてて面白がるんだ」

清史はまた窓に向き直る。

「空が真っ青な日だったな。中一の時、全校集会を抜け出して学校を出ると前を歩いている生徒がいたんだ。学年で一番背が高い俺よりもっと背が高くて、俺が歩こうとする方向へ先に歩いていって、そのうちにそいつが走り出した。速い、速い。ジャンプして桜の葉を千切って、喫茶店の看板や植え込みやガードレールを飛び越え、公園を突っ切って、土産物屋の店先からラムネを盗って飲み始めた。まねして走り続けて、そいつと同じようにラムネを盗った途端、誰かに手をつかまれた。土産物屋の爺さんだった」

「あら、ひとりだけでも捕まって良かったじゃない」

「そりゃ、俺だけ捕まるさ。その店は孝広の家だったんだから。あいつ、合格だから陸上部に入れって、びしょびしょのラムネの瓶をつかんで笑ってた」

遠くで雷が鳴っている。

「ハードルを始めても、やっぱり孝広の背中ばっかり見せられてた」

東に望む山々にかかった灰色の雲が内側から光った。

「あの時に戻れたなら、俺は孝広に何を言ってやるのかな。こんな未来にたどり着かないように」

清史は押し黙ったまま曇天を見つめ続けていたが部屋を出て行き、小一時間ほどで戻ってきた。ひとりではなく、朝、清史のマンションで擦れ違ったふたり——背の低い五十前後の男と痩身の若い男——が一緒だった。

ホテルの一階にあるロビーは吹き抜けで、中央に並べられた椅子からは、手摺り付きの二階の通路が見渡せる。草はひと組いた男女から少し離れて椅子に腰かけた。

小田は額を汗で光らせて、時間通りにやってきた。草の黒いハンドバッグを小脇に抱え、斜向《はすむ》かいの席に浅く腰を下ろす。仕事柄か、そこまで歩いてくる間にホテル内に目を配り、椅子に体を預けてからも眼鏡の奥の目は、どことなく落ち着かない。

「出せよ」

小田は上目遣いに草を睨んだ。こんな男に脅えるような草ではない。草は前の大理石風のローテーブルを、とん、と叩いて、小声でしかし強く言った。

「先にバッグを渡しなさい。そっちが勝手に持って行くから、こんな面倒なことになったんだよ」

草の勢いに小田は口をへの字に曲げると、ハンドバッグをテーブルに置いた。ハンカチ、財布、自分の携帯電話と、一通り中身を膝の上に出して、草は調べてみる。

「何も盗ってねえからな。なくなってるとすりゃ、そりゃ、あんたがボケてんだ」

いちいち腹立たしい態度の男だと、草は小田を睨み返した。現金に至るまで一応無事なようだった。

清史の指示通りに、草はただ席を立った。

小田は短く焦った声を上げたが、草が腰を上げた椅子の上に、目的の黒い携帯電話が現れたのに気付いて、あわてて草のいた場所に座り直してそれを手に取った。

「おいっ」

草は正面のエスカレーターで二階に上がった。

あとは静かな逮捕劇だった。

草が通路の手摺り沿いに歩いて下を覗くと、席を立った小田が地下鉄方向の裏口に向かい、正面玄関からは孝広が入ってきたのが見えた。小田はエスカレーターの陰から出てきたふたりの男に、孝広は椅子から腰を上げた男女に挟まれて、それぞれに近いドアから表へ出て行った。

スタンドの明かりが淡く照らす二階の一角には、テーブルとソファがある。草はその手前で、手摺りまで近付いてロビーを見下ろしていた清史が、うつむいたまま座り込むのを見た。傍らには、今朝、清史のマンションを訪ねてきた年配のほうの男がいた。彼らは東京から孝広と小田を追ってきた刑事だった。

ホテルの草の部屋で孝広を警察に渡す決心をした清史は、外で刑事たちに会い、ロビーで小田と孝広を逮捕する段取りをしたあとで、草に協力を求めに戻ったのだった。草は大谷と清史のつながりを考えると、警察に直接関わるのは気が引けたが、頑なに拒んではかえって不審を招きかねない。あくまでも鈴子の親しい知人という立場を崩さないように注意しながら、協力することにした。

「俺は……俺は……」

ソファに沈み込んで姿の見えなくなった清史の嗚咽《おえつ》が聞こえる。

刑事が言った。

「いいか、恋人を売ったなんて自分を責めるな。あいつを救ったんだと思え」

それを聞いて、初めて草はつかえが取れ、合点がいった。

草はこれ以上清史に近付いてはいけないように思って、手摺りにつかまり、エレベーターからまとまってロビーに出てきた中年女性たちを眺めた。にぎやかな声が二階にまでよく響いて、清史の嗚咽をかき消した。

5

翌日、予定より一日遅れで、草は京都から東へ雨を追いながら帰ってきた。

東海道新幹線がトンネルに入って、窓に自分の顔が映ると、草の心は昔の大谷家の縁側に飛んだ。大谷がまだ雑貨屋だった小蔵屋を夜に訪ねてきた翌年の一月で、そこで初めて鈴子の名を聞いた。縁側のガラス戸に映っていた草は、今よりずっと若かった。

留守にしていた本家へ大谷は仕事の移動中にわざわざ寄り、急いで頼みたいことがある、と草を呼び出した。草は店の戸口の明かりを消し、閉店間際で知人ばかりが談笑している店を、ちょっと用事があると抜け出した。

冷え切った縁側に、大谷は草を招き入れた。障子越しに和室の明かりが落ちていた。白い息を吐きながら、草は立ったまま大谷と向かい合った。

大谷は顔をさすりながら、ちらっと腕時計を見た。時間に追われているが、言い出し辛いのだ。草は正座して、ここへ座れと前の床を叩いた。

「ほらほら、相談があるんでしょ。清ちゃんなら、どんな込み入った話でも三分で伝えられるわよ。はい、どうぞ」

深刻そうな大谷に明るく言ったのは、草が自分の緊張を解くためでもあった。口元を少し緩ませた大谷は、草の前に胡座をかいた。

「これから伊香保温泉の香寿庵へ行って、三浦鈴子という女性にこの書類を渡して欲しい。銀扇の長女だ。友人数人と宿泊している」

真面目な目で草を見つめた大谷は、手にしていた大きな茶封筒をふたりの間に置いた。

「鈴子さん……か。銀扇の三浦さんなら自宅は近所ね。面識はないけれど、ご主人は確かわたしたちより年下だった。でも、娘さんとなると全然知らないわ」

「こんなことをお願いする以上、お草さんには正直に話す。鈴子と……付き合っている」

渋面の大谷は、ネクタイを緩めた。草は平静を装ったが、銀扇の主人の年齢からその娘の鈴子がまだ若い女だと推測して、自分の女としての価値を思い知らされたように感じた。

「鈴子は妊娠している。わたしの子だ。これは、お草さん以外には話していない」

驚くまいと、草は帯のところで重ねた手に力を入れた。

「間違いないの?」

「この前会った時に、彼女のバッグの中に『はじめての出産』という本を見つけた。問い詰めたら、まだ何週でもないがと白状した。妊娠を隠したままわたしと別れ、京都へ行って染矢という男と結婚してしまうつもりだったんだ。わたしとの仲を知った両親が強引に段取りした見合い結婚で、今月末には向こうで式を挙げる。生まれてくる赤ん坊は染矢の子として育てる、あなたと染矢は同じ血液型だからわかりはしないと言うんだ。滅茶苦茶だろう。だから、結婚を思いとどまらせたい。この封筒には東京に用意したマンションの案内や鈴子名義の預金通帳が入っている。鈴子と結婚はできないが、それ以外のことならどうにでもなる、できる」

言葉を発せず、草はただ聞いていた。こんなに感情的で、堰《せき》を切ったようにまくし立てる大谷を見るのは初めてだった。大谷は鈴子が自分を遠ざけていることや、大阪にいる彼女の妹の協力でも埒《らち》があかないことを説明し、今夜、自分の気持ちを草の口から鈴子へ伝えて欲しいと言った。

「わたしは大っぴらに会うわけにはいかない。かといって、お草さんに鈴子の自宅に行ってもらっても、鈴子の客には必ず家族の誰かが同席する。わたしが人を使って鈴子と接触するのを以前から警戒されているからね。電話や手紙まで母親がチェックするそうだ。それでも鈴子に会う気があればなんとかなったが、本人があれでは無理だ」

大谷はうつむいて、根元があちこち白くなっている髪をかきあげた。

「あれほど嫌がっていた結婚を、どうして急に承諾したのか。鈴子の考えていることがわからん」

「元々、滅茶苦茶だからよ」

胸の熱い塊が、草に言わせた。大谷は顔を上げ、細い目を見開いた。

「さっき、清ちゃんは鈴子さんが滅茶苦茶だって言ったけど、妻子ある男と若い娘がそういう関係になること自体が、最初から滅茶苦茶でしょう。どうやっても、すべて丸く収まるような結果にはならないはずよ」

「そりゃあ、そうかもしれないが、わたしの子を宿したまま別の男と結婚するなんて許されるわけがない」

草は意識して声を低くした。注意しなければ、声を荒らげてしまいそうだった。

「じゃあ聞くけど、鈴子さんが結婚をやめて、東京で出産したとして、すべてが穏便に済むのかしら。染矢さんは結婚直前で断ってきた理由を知ろうとするでしょうし、鈴子さんが独身で子供を産めばどこに住んでいても噂になる。どんなに必死で隠したって、次期首相候補の大谷清治の名前は出てくるわ。人の口に戸は立てられないもの」

顔をゆがめた大谷は、再びうつむいた。

言葉通りに大谷の行動を軽率だと思ってもいるし、将来の心配もしているが、草の気持ちはどこかささくれ立っていた。こんな相談をされるのは、草が女でも男でもないという証拠だった。大谷の中で草は何十年もただの幼馴染みであり続けたのだろうが、草自身は無意識に大谷の前で女になっていた。ひどく惨めでいたたまれなかった。

草は、袂の端を両手で握り締めた。

「この結婚を断ったら、大谷清治だけじゃない、鈴子さん、生まれてくる子、双方の家族も関係者も、平穏ではいられないかもしれない。鈴子さんは考え抜いた挙句の、滅茶苦茶をやろうとしているのかもしれない」

「考え抜いた挙句の、滅茶苦茶か……」

うつむいたままで、大谷は草の言葉を繰り返した。

自分がどんな顔をしているのか、草は恐る恐るガラス戸に目をやった。暗いガラスには、あと幾年かで還暦を迎える女の硬い表情が映っていた。

大谷はまるで駄々っ子だった。手に入れてしまった大切なものを、どうあっても手放したくないと、じたばたしている。しかし、もう諦めろと突き放すには、背の高い大谷の丸めた体が草には小さく見え過ぎた。幼い頃から苦労して、この大谷家に養子に入っても常に養父の下で努力のし通しだった男が、養父が亡くなって重石《おもし》が取れ、社会的にも成功した今、やっと心から愛する女を得たのだ。そう思うと、草は初めて耳にする大谷のわがままをほったらかしにはできなかった。

ガラスの鏡に向かって、草は笑顔を作った。聡明で誇り高い大谷が自分にだけこんな弱さを見せている、それだけが草のよりどころだった。

「でも、いいわ。鈴子さんに会って、清ちゃんの気持ちを伝えてみる。どこまで説得できるか自信はないけれど」

大谷は顔を上げた。

「行ってくれるのか」

「清ちゃんの頼みじゃ、しかたないでしょ」

ほっとした表情で、大谷は言った。

「ありがとう、お草ちゃ――」

廊下を人が走ってくる音がして、大谷はあわてて立ち上がって奥へ入っていった。

草は封筒を抱え、大谷が座っていた場所へそっと手を伸ばしてみた。大谷の体温が移った床板は、ほんのりとあたたかかった。草の耳の底には、大谷が後ろ手に閉めた障子の音が残っていた。

外とも、内ともつかない、大谷の縁側に自分はいる。この小さな空間は、大谷がネクタイを緩め、胡座をかいて、ありのままでいられる場所だ。それでいいじゃないか。

草は静かにガラス戸を開けて、大谷家を出た。

あれから長い年月が過ぎても、草は大谷にとって小さい頃から変わらない、お草ちゃん、のままだ。

「しかたない……か」

東海道新幹線が最後のトンネルを抜けると、雨粒の飛ぶ窓に草はひとりごちた。

途中、乗り換えの東京駅で大谷から連絡を受けた草は、小蔵屋に帰る前に、また大谷家を訪ねることになった。左腕の湿布は上越新幹線に乗るとすぐにはがした。

選挙運動で日焼けをした大谷は、この前のようにネクタイだけを外して縁側に腰かけていた。草は黒いハンドバッグを浅葱色の絽の膝において、麦茶ののった盆を挟んで座った。大きな荷物はタクシーに残し、少し離れた場所に待たせてある。

「ありがとう。すまなかったね」

「いいえ」

空は明るい灰色をして、ほんの少し雨を降らせている。雨はよく見えなくても、緑色の池に小さな波紋が不規則に浮き立った。縁側の近くにこんもりと茂る萩には、紫の小さな花がつき始めている。大谷とこうしていると、草には京都の出来事が夢のように思われた。

草は湿った密度の濃い空気を吸い込んだ。大谷は、よそゆきの格好をした草とお茶の時間を楽しみたいのではなく、清史の返事を聞きたいだけなのだ。

「ごめんなさいね。肝心なことは役立たずだったわ」

がっかりした顔を見せまいとしたのか、目を一度きょろっとさせた大谷は高い鼻を手で揉んで、そうか、と小さく言った。

「よく似てるわよ、若い頃の清ちゃんに。未成年とは思えないほどしっかりしてる」

「鈴子はおかしな女で、清史の写真一枚くれなかった」

鈴子は大谷の経歴に傷をつけてはならないと、細心の注意を払って生きた。それが自分の愛情だと信じていたのだろう。

池の向こうの木々から、蟬の声が幾つも重なって聞こえた。雨足が少し強くなって、萩の葉を弾ませる。

「清ちゃん、手を出して」

草は膝のハンドバッグから白いハンカチを出して、細長い指をした大谷の手のひらにのせた。草はハンカチを開きながら言った。

「連れてきちゃった」

大谷の手のひらの白いハンカチに、鈴子の骨片があらわれた。たぶん箸で拾い上げたのと同じ、手の指だろう。

これのために、小田に盗られたハンドバッグを諦めるわけにはいかなかったのだ。

大谷は骨片と草を幾度も交互に見て、やがて鈴子の一部に見入った。

「さすが、お草さんだ」

「かえってそばに置くのが辛ければ、わたしがお寺さんに供養してもらう。どうしようか」

大谷は強く首を横に振った。そして、誰にも取られまいとするように、鈴子の骨片を口に含んだ。束の間、口元を軽く緩ませると、こもった鈍い音を立ててゆっくりと骨を嚙み砕き、飲み込んでしまった。飲み下しきれないのか、数回、たるんだ皮膚をのせた喉仏が上下する。

一瞬眉をひそめはしても、草はそんな大谷に微笑むしかなかった。骨はどんな味なのだろう。苦い後悔の味か、鈴子の優しさに似た味なのか。草にはわかりようもなかった。松葉に雨が滴り、萩の葉には銀色の水滴が散っていた。ジジッと鳴いた蟬が、木から木へ飛び移る。

「これで、ずっと一緒だ」

池の方を向いたまま、大谷は言った。傍らで草はそれを鈴子の代わりに聞いた。雨に打たれ揺れる萩の葉から、銀色の滴が落ちていく。とどめようとする丸い葉を滑り、ぽろんぽろんと幾つも幾つも落ちていった。

多忙な大谷の前から、これまでと同じようにあっさりと、草は去った。待たせておいたタクシーに乗り込み、座席に置いたままだった新聞を旅行鞄にしまう。「大谷陣営、苦戦」の見出しが大きかったが、気の毒とは思わなかった。大谷が自分で選択した道だ。

長過ぎるくらいの間をあけて、ワイパーがフロントガラスの雨垂れをかく。

小蔵屋に着いたら――。

タクシーが曲がるタイミングに合わせて、草も自分の中のハンドルを切る。駆け寄って荷物を持とうとする久実の笑顔や、店中に広がるコーヒーの香りが浮かんでくる。無性に、由紀乃の声が聞きたくなった。着替えて割烹着を身につけたら、仕事の前にほんの少しだけ宮崎へ電話しよう、と草は思った。

解説

大矢博子

おばあちゃん探偵の嚆矢《こうし》と言えば、何はさておきミス・マープルである。穏やかで、時には辛辣で、人生経験に裏打ちされた観察力と洞察力に優れ、編み物をしながら人の話を聞いているだけで謎を解いてしまう安楽椅子探偵。ミス・マープルのこの造形は、あとに続くおばあちゃん探偵たちの雛形となった。

しかし、おばあちゃんを取り巻く環境は時代とともに変わる。老老介護だの無縁社会だのという言葉を聞かない日はない現代。子供や孫に囲まれた暖かな隠居生活も、財産と年金で悠々自適の生活も、もはや一般的とは言えない。成功者の甥に金銭援助を受けメイドを雇うミス・マープルの暮らしは、現代なら特権階級のそれである。

しかし憂うことなかれ！　そんな時代だからこそ登場した、新しいおばあちゃん探偵たちがいるのだから。

私の大好きな〈現代のおばあちゃん探偵〉のシリーズがふたつある。ひとつは、名古屋の下町で駄菓子屋を営む波川《なみかわ》まつ尾《お》とその仲間たちの活躍を描いた清水義範の「やっとかめ探偵団」シリーズ（光文社文庫など）。もうひとつは、カリフォルニアの高級老人ホームに暮らすアンジェラ&キャレドニアのペアが事件を解決する——というより引っ掻き回す、コリン・ホルト・ソーヤーの「海の上のカムデン」シリーズ（創元推理文庫）だ。

このふたつのシリーズには共通点がある。

彼女たちの物語には、否応無しに衰える体や頭、遠くない将来に必ず待っている別れ、社会の中での軽い扱われ方——そんな「老いの現実」が容赦なく登場するという点。そして彼女たちはそれらを潔く受け入れた上で笑い飛ばし、現役であることにこだわりとプライドを持ち、日々を充実させて生きている姿がユーモラスに描かれるという点だ。これはミス・マープルには見られない特徴と言っていい。まあ、彼女もリュウマチには悩まされていたけれど。

そしてそんな〈現役であることにこだわりとプライドを持つ〉おばあちゃん探偵がまたひとり、登場した。お草《そう》さんである。

本書『萩を揺らす雨』の主人公、杉浦《すぎうら》草は数えで七十六歳。

うーん、この「数え」というのが今ではもう通じないかも。生まれたときを一歳とし、お正月がくるごとに一歳ずつ年を重ねる数え方のことだ。だから大晦日に生まれた赤ん坊は、翌日に二歳になる。

日本では明治になるまで太陰暦を使っていたせいで誕生日という概念が薄く、皆が皆、お正月に歳をとっていた。明治に入って太陽暦になってからも、この「数え」の習慣はなくならず、昭和二十五年（一九五〇年）に政府が「年齢のとなえ方に関する法律」を施行して、数え歳を使うのはもうやめてくれよー、と呼びかけている。

おっと、話がずれた。つまりお草さんは数え歳を自然に使える世代、つまり戦前もしくは戦中生まれの人だということがこれでわかるのだ。

彼女は離婚し、一人息子を幼くして事故で亡くした後、北関東の紅雲町《こううんちょう》で雑貨屋を営む実家を手伝っていた。そして六十五歳のとき、「若いうちに離婚してずっと古い店で働いてきたが、両親も亡くなってひとりきりになった今、最後に自分の夢にかけてみるのもいいじゃないか」と思い、雑貨屋を建てかえて長年の夢だった和食器とコーヒー豆の店〈小蔵屋《こくらや》〉を出したのである。一般では引退し年金生活に入る年齢になってから夢を叶えた人なのだ。

数えで七十六歳とは言え、まだまだ元気なお草さん。朝はゴミ拾いを兼ねた散歩が日課、店は従業員の久実《くみ》さんと一緒に頑張ってるし、パソコンまで習い始めた。彼女の店ではサービスでコーヒーの試飲ができるので、それを目当てに町の人が集まり、噂話に花が咲く。そんな彼女のところにはいろんな事件が持ち込まれて——。

本書はそんなお草さんを探偵役に据えた連作ミステリだが、お草さんの日常は、決して楽しいだけではない。

オール讀物推理小説新人賞を受賞した第一話「紅雲町のお草」に、とても辛いシーンがある。お草の店に来る客の噂話によると、近所のマンションで様子のおかしい部屋があるらしい。引き取られた老母に対し虐待が行われているのではないかと思ったお草さんは、居ても立ってもいられずその部屋を見に行く。でも直接踏み込む訳にもいかないし、その周辺を何度か窺っていると――徘徊だと思われてしまうのだ。

こういう素人探偵もので、主人公が怪しい場所を偵察していると不審者に間違われることはよくある。主人公が警察に叱られたり、知り合いから「探偵ごっこはやめろ」と窘《たしな》められたりというシーンは、ミステリでは当たり前に登場する。けれどそれが七十代という年齢だと、頭の衰えだと思われるとは。その事実に初めて気付かされた。胸が詰まった。

「やっとかめ探偵団」や「海の上のカムデン」でも、似たようなシーンはある。しかしそれらは「やだねえ」と半ばあきらめつつも笑い飛ばすスタンスをとっていた。だから気付かなかった。

お草さんの場合は、そういうふうに間違われたのは多分初めてで、だからこそ傷つき衝撃を受けたのだ。お草さんは、同じ話を繰り返すようになった友人を見て「戦争も貧乏もくぐり抜けて、長い間、生きてきたのだ。あちこちの故障も当たり前」と思っていた。けれどいざそう思われる立場になると、感情的に否定してしまった。笑い飛ばせなかった。無理もない。そして世間は年寄りがそう扱われても「傷つかない」と思っていることにも、読者は気付かされるのである。

本編のクライマックスは虐待疑惑の真相解明部分にある。けれど私は、徘徊と間違われお草さんが声を荒げたシーンこそが白眉であると思う。虐待疑惑を解くだけなら不要なエピソードなのに、著者は敢えてこの辛いエピソードを入れた。お草さんの謎解きは、人は何歳であろうと社会と関わりを持って自立し得る、感情とプライドを持った一個の人間であるという証明に他ならない。

このテーマは他の話にも通底している。「クワバラ、クワバラ」には幼い頃の辛い体験から六十年経っても抜けられない女性が、「0と1の間」には引退して娘夫婦と同居したものの居場所がなくて荒《すさ》んでいく男性が、「悪い男」には少しずつ物覚えが悪くなる友人の姿が、それぞれ描かれている。どれも辛い。

辛いけれど、そこに目を瞑《つぶ》って「ほのぼのおばあちゃんミステリ」にしたのでは意味がない、ということを著者は承知している。そういう現実を踏まえた上で、自分のしたいことに精を出し人助けをするお草さんが描かれているからいいのだ。店の改築用に再利用する古民家を見に行ってわくわくしたり、パソコンを習ったり、昔からほのかな思いを抱いている人の頼みを寂しさ半分で聞いたり、ときにはワルそうな若者と渡り合ったりする女性として描かれているからこそ、読者はお草さんを好きになるのである。

「0と1の間」で、友人に借りを作りたくないという大学生に対し、お草さんはこう言う。

「わたしもね、昔は自分を強いと思っていたけど……若いうちに、戦争は起きる、兄も妹も亡くす、離婚する、息子も三つで逝ってしまう。年を重ねたって、雑貨屋だった店も振るわなくなる、家族が病気になる、両親を看取る。生きていると、どうしてか大変なことが多くて」

「弱いと認めちゃったほうが楽なの。力を抜いて、少しは人に頼ったり、頼られたり。そうしていると、行き止まりじゃなくなる。自然といろんな道が見えてくるものよ」

――七十六歳のおばあちゃんを主役にした意味はここにある。これがただの懐古でも不幸自慢でも説教でもなく、いろいろなことを乗り越えて、身につけて、今の私は笑って暮らしているという象徴がお草さんなのである。

どんなに嫌でも、どんなに足掻《あが》いても、ひとは毎年ひとつずつ年をとる。命が長らえれば、誰しも公平に七十六歳になる。どうせなるのなら、お草さんみたいな七十六歳になりたい。

こんなおばあちゃんになりたい――それは、おばあちゃん探偵のミステリを読んだときに持ち得る、最上級の感想ではないだろうか。

お草さんの話ばかりでミステリについて解説する紙幅がなくなってしまった。彼女は安楽椅子探偵ではなく、行動する探偵である。知り合いの手を借りて聞き込みにまわったり、危うくケガをさせられそうになったりもする。第一話で警察官に徘徊老人と間違われたことなど、すでに乗り越えている。それがまた、お草さんらしい。

間もなく刊行予定のシリーズ第二弾『その日まで』では、更に大きな事件にお草さんとその仲間たちが立ち向かうことになる。お草さんを助けて頑張る久実さん（この人がまた良いんだなあ）の新たな一面も見られるので、どうか楽しみに待たれたい。

紅雲町には、ミス・マープルはいない。けれどお草さんがいる。小蔵屋のテーブルはきっと今日もコーヒーのふくよかな香りに包まれ、賑わっていることだろう。お草さんが六十五歳で実現させた夢の店。その場所は彼女の人生のゴールではなく、スタート地点なのである。

（書評家）

初出

紅雲町のお草　「オール讀物」二〇〇四年十一月号
クワバラ、クワバラ　「オール讀物」二〇〇七年七月号
0と1の間　単行本書き下ろし
悪い男　単行本書き下ろし
萩を揺らす雨　「オール讀物」二〇〇六年十月号

単行本

『紅雲町ものがたり』二〇〇八年一月　文藝春秋刊
文庫化に際し、改題いたしました。

文春文庫

萩《はぎ》を揺《ゆ》らす雨《あめ》
紅雲町《こううんちよう》珈琲《コーヒー》屋《や》こよみ

定価はカバーに表示してあります

2011年4月10日　第1刷
2011年8月1日　第6刷

著　者　吉永《よしなが》南央《なお》
発行者　村上和宏
発行所　株式会社　文藝春秋

東京都千代田区紀尾井町 3-23　〒102-8008
TEL　03・3265・1211
文藝春秋ホームページ　http://www.bunshun.co.jp
落丁、乱丁本は、お手数ですが小社製作部宛お送り下さい。送料小社負担でお取替致します。

印刷・大日本印刷　製本・加藤製本
Printed in Japan
ISBN978-4-16-781301-7